博雅人文

朱自清 著

中 国
古典诗歌吟味

图书在版编目（CIP）数据

中国古典诗歌吟味 / 朱自清著. —北京：北京大学出版社，2016.11
（博雅人文）
ISBN 978-7-301-27629-7

Ⅰ.①中… Ⅱ.①朱… Ⅲ.①古典诗歌-诗歌欣赏-中国 Ⅳ.①I207.22

中国版本图书馆CIP数据核字（2016）第235718号

书　　　名	中国古典诗歌吟味 ZHONGGUO GUDIAN SHIGE YINWEI
著作责任者	朱自清　著
责任编辑	张文礼
标准书号	ISBN 978-7-301-27629-7
出版发行	北京大学出版社
地　　　址	北京市海淀区成府路205号　100871
网　　　址	http://www.pup.cn　　新浪微博：@北京大学出版社
电子信箱	pkuwsz@126.com
电　　　话	邮购部 62752015　发行部 62750672　编辑部 62767315
印　刷　者	北京中科印刷有限公司
经　销　者	新华书店
	880毫米×1230毫米　A5　7.75印张　158千字 2016年11月第1版　2018年3月第3次印刷
定　　　价	39.00元

未经许可，不得以任何方式复制或抄袭本书之部分或全部内容。
版权所有，侵权必究
举报电话：010-62752024　电子信箱：fd@pup.pku.edu.cn
图书如有印装质量问题，请与出版部联系，电话：010-62756370

目 次

代序　古文学的欣赏 / 001

一　论诗学门径 / 009
二　诗的语言 / 017
三　诗多义举例 / 029
四　诗的流变 / 053
五　《诗经》/ 067
六　古诗十九首释 / 075
七　日常生活的诗 / 157
八　《唐诗三百首》指导大概 / 161
九　再论"曲终人不见，江上数峰青" / 203
十　论"以文为诗" / 209
十一　王安石《明妃曲》/ 219

附录一　文学的一个界说 / 223
附录二　论雅俗共赏 / 237

代序　古文学的欣赏

新文学运动开始的时候，胡适之先生宣布"古文"是"死文学"，给它撞丧钟，发讣闻。所谓"古文"，包括正宗的古文学。他是教人不必再做古文，却显然没有教人不必阅读和欣赏古文学。可是那时提倡新文化运动的人如吴稚晖、钱玄同两位先生，却教人将线装书丢在茅厕里。后来有过一回"骸骨的迷恋"的讨论也是反对作旧诗，不是反对读旧诗。但是两回反对读经运动却是反对"读"的。反对读经，其实是反对礼教，反对封建思想；因为主张读经的人是主张传道给青年人，而他们心目中的道大概不离乎礼教，不离乎封建思想。强迫中小学生读经没有成为事实，却改了选读古书，为的了解"固有文化"。为了解固有文化而选读古书，似乎是国民分内的事，所以大家没有说话。可是后来有了"本位文化"论，引起许多人的反感；本位文化论跟早年的保存国粹论同而不同，这不是残余的而是新兴的反动势力。这激起许多人,特别是青年人,反对读古书。

可是另一方面,在本位文化论之前有过一段关于"文学遗产"的讨论。讨论的主旨是如何接受文学遗产,倒不是扬弃它;自然,讨论到"如何"接受,也不免有所分别扬弃的。讨论似乎没有多少具体的结果,但是"批判的接受"这个广泛的原则,大家好像都承认。接着还有一回范围较小,性质相近的讨论。那是关于《庄子》和《文选》的。说《庄子》和《文选》的词汇可以帮助语体文的写作,的确有些不切实际。接受文学遗产若从"做"的一面看,似乎只有写作的态度可以直接供我们参考,至于篇章字句,文言语体各有标准,我们尽可以比较研究,却不能直接学习。因此许多大中学生厌弃教本里的文言,认为无益于写作;他们反对读古书,这也是主要的原因之一。但是流行的作文法、修辞学、文学概论这些书,举例说明,往往古今中外兼容并包;青年人对这些书里的"古文今解"倒是津津有味地读着,并不厌弃似的。从这里可以看出青年人虽然不愿信古,不愿学古,可是给予适当的帮助,他们却愿意也能够欣赏古文学,这也就是接受文学遗产了。

说到古今中外,我们自然想到翻译的外国文学。从新文学运动以来,语体翻译的外国作品数目不少,其中近代作品占多数;这几年更集中于现代作品,尤其是苏联的。但是希腊、罗马的古典，也有人译，有人读，直到最近都如此。莎士比亚至少也有两种译本。可见一般读者（自然是青年人多），对外国的古典也在爱好着。可见只要能够让他们接近，他们似乎是愿意接受文学遗产的，不论中外。而事实上外国的古典倒容易接近些。有些青年人以为古书古文学里的生活跟现代隔得太远，远得渺渺茫茫的，所以他们不能也不愿接受那些。但是外国古典该隔得更远了，怎么事实上倒反容易接受些呢？我想从头来说起，古人所谓"人情不相远"是有道理的。尽管社会组织不一样，尽管意识形态不一样，人情总还有不相远的地方。喜怒哀乐爱恶欲总还是喜怒哀乐爱恶欲，虽然对象不尽同，表现也不尽同。对象和表现的不同，由于风俗习惯的不同；风俗习惯的不同，由于地理环境和社会组织的不同。使我们跟古代跟外国隔得远的，就是这种种风俗习惯；而使我们跟古文学跟外国文学隔得远的尤其是可以算作风俗习惯的一环的语言文字。语体翻译的外国文学打通了这一关，所以倒比古文学容易接受些。

人情或人性不相远，而历史是连续的，这才说得上接受古文学。但是这是现代，我们有我们的立场。得弄清楚自己的立场，再弄清楚古文学的立场，所谓"知己知彼"，然后才能分别出哪些是该扬弃的，哪些是该保留的。弄清楚立场就是清算，也就是批判；"批判的接受"就是一面接受着，一面批判着。自己有立场，却并不妨碍了解或认识古文学，因为一面可以设身处地为古人着想，一面还是可以回到自己立场上批判的。这"设身处地"是欣赏的重要的关键，也就是所谓"感情移入"。个人生活在群体中，多少能够体会别人，多少能够为别人着想。关心朋友，关心大众，恕道和同情，都由于设身处地为别人着想；甚至"替古人担忧"也由于此。演戏，看戏，一是设身处地地演出，一是设身处地地看入。做人不要做坏人，做戏有时候却得做坏人。看戏恨坏人，有的人竟会丢石子甚至动手去打那戏台上的坏人。打起来确是过了分，然而不能不算是欣赏那坏人做得好，好得教这种看戏的忘了"我"。这种忘了"我"的人显然没有在批判着。有批判力的就不致如此，他们欣赏着，一面常常回到自己，自己的立场。欣赏跟行动分得开，欣赏有时可以影响行动，有时可以不影响，自己有分寸，做得主，就不至于糊涂了。读了武侠小说就结伴上峨眉山，的确是糊涂。所以培养欣赏力同时得培养批判力；不然，"有毒的"东西就太多了。然而青年人不愿意接受有些古书和古文学，倒不一定是怕那"毒"，他们的第一难关还是语言文字。

打通了语言文字这一关，欣赏古文学的就不会少，虽然不会赶上欣赏现代文学的多。语体翻译的外国古典可以为证。语体的旧小说如《水浒传》《西游记》《红楼梦》《儒林外史》，现在的读者大概比二三十年前要减少了，但是还拥有相当广大的读众。这些人欣赏打虎的武松，焚稿的林黛玉，却一般的未必崇拜武松,尤其未必崇拜林黛玉。他们欣赏武松的勇气和林黛玉的痴情,却嫌武松无知识,林黛玉不健康。欣赏跟崇拜也是分得开的。欣赏是情感的操练,可以增加情感的广度、深度,也可以增加高度。欣赏的对象或古或今,或中或外,影响行动或浅或深,但是那影响总是间接的,直接的影响是在情感上。有些行动固然可以直接影响情感,但是欣赏的机会似乎更容易得到些。要培养情感,欣赏的机会越多越好;就文学而论,古今中外越多能欣赏越好。这其间古文和外国文学都有一道难关,语言文字。外国文学可用语体翻译,古文学的难关该也不难打通的。

我们得承认古文确是"死文字",死语言,跟现在的语体或白话不是一种语言。这样看,打通这一关也可以用语体翻译。这办法早就有人用过,现代也还有人用着。记得清末有一部《古文析义》,每篇古文后边有一篇白话的解释,其实就是逐句的翻译。那些翻译够清楚的,虽然啰唆些。但是那只是一部不登大雅之堂的启蒙书,不曾引起人们注意。五四运动以后,整理国故引起了古书今译。顾颉刚先生的《盘庚篇今译》(见《古史辨》),最先引起我们的注意。他是要打破古书奥妙的气氛,所以将《尚书》里诘屈聱牙的这《盘庚》三篇用语体译出来,让大家看出那"鬼治主义"的把戏。他的翻译很谨严,也够确切;最难得的,又是三篇简洁明畅的白话散文,独立起来看,也有意思。近来郭沫若先生在《由周代农事诗论到周代社会》一文(见《青铜时代》)

里翻译了《诗经》的十篇诗,风雅颂都有。他是用来论周代社会的,译文可也都是明畅的素朴的白话散文诗。此外还有将《诗经》《楚辞》和《论语》作为文学来今译的,都是有意义的尝试。这种翻译的难处在乎译者的修养;他要能够了解古文学,批判古文学,还要能够照他所了解与批判的译成艺术性的或有风格的白话。

翻译之外,还有讲解,当然也是用白话。讲解是分析原文的意义并加以批判,跟翻译不同的是以原文为主。笔者在《国文月刊》里写的《古诗十九首集释》,叶绍钧先生和笔者合作的《精读指导举隅》(其中也有语体文的讲解),浦江清先生在《国文月刊》里写的《词的讲解》,都是这种尝试。有些读者嫌讲得太琐碎,有些却愿意细心读下去。还有就是白话注释,更是以读原文为主。这虽然有人试过,如《论语》白话注之类,可只是敷衍旧注,毫无新义,那注文又啰里啰唆的。现在得从头做起,最难的是注文用的白话,现行的语体文里没有这一体,得创作,要简明朴实。选出该注释的词句也不易,有新义更不易。此外还有一条路,可以叫作拟作。谢灵运有《拟魏太子邺中集》,综合的拟写建安诗人,用他们的口气作诗。江淹有《杂拟诗》三十首,也是综合而扼要的分别拟写历代无名的五言诗人,也用他们自己的口气。这是用诗来拟诗。英国麦克士·比罗姆著《圣诞花环》,却以圣诞节为题用散文来综合的扼要的拟写当代各个作家。他写照了各个作家,也写照了自己。我们不妨如法炮制,用白话来尝试。以上四条路都通到古文学的欣赏;我们要接受古代作家文学遗产,就可以从这些路子走近去。

一 论诗学门径

本文所谓诗，专指中国旧体诗而言；所谓诗学，专指关于旧诗的理解与鉴赏而言。

据我数年来对于大学一年生的观察，推测高中学生学习国文的情形，觉得他们理解与鉴赏旧诗比一般文言困难，但对于诗的兴味却比文大。这似乎是一个矛盾，其实不然。他们的困难在意义，他们的兴味在声调；声调是诗的原始的也是主要的效用，所以他们虽觉难懂，还是乐意。他们更乐意读近体诗；近体诗比古体诗大体上更难理解，可是声调也更谐和，便于吟诵，他们的兴味显然在此。

这儿可以看出吟诵的重要来。这是诗的兴味的发端，也是诗学的第一步。但偶然的随意的吟诵是无用的；足以消遣，不足以受用或成学。那得下一番切实的苦功夫，便是记诵。学习文学而懒于记诵是不成的，特别是诗。一个高中文科的学生，与其囫囵吞枣或走马看花地读十部诗集，不如仔仔细细地背诵三百首诗。这三百首诗虽少，是你自己的；那十部诗集虽多，看过就还了别人。我不是说他们不应该读十部诗集，我是说他们若不能仔仔细细读这些诗集，读了还不和没读一样！

中国人学诗向来注重背诵。俗话说得好："熟读唐诗三百首，不会作诗也会吟。"我现在并不劝高中的学生作旧诗，但这句话却有道理。"熟读"不独能领略声调的好处，并且能熟悉诗的用字、句法、章法。诗是精粹的语言，有它独具的表现法式。初学觉得诗难懂，大半便因为这些法式太生疏之故。学习这些法式最有效的方法是综合，多少应该像小儿学语一般；背诵便是这种综合的方法。也许有人想，声调的好处不须背诵就可领略，仔细说也不尽然。因为声调不但是平仄的分配，还有四声的讲究；不但是韵母的关系，还有声母的关系。这些条目有人说是枷锁，可是要说明旧诗的技巧，便不能不承认他们的存在。这些我们现在其实也还未能完全清楚，一个中学生当然无须详细知道；但他会从背诵里觉出一些细微的分别，虽然不能指明。他会觉出这首诗调子比另一首好，即使是平仄一样的律诗或绝句。这在随便吟诵的人是不成的。

现在的中学生大都不能辨别四声；他们也没有"韵"的观念。这样便不能充分领略诗的意味。四声是平、上、去、入四种字调，最好幼时学习，长大了要难得多。这件事非理论所能帮助，只能用诵读《四声等韵图》（如东、董、冻、笃之类，《康熙字典》卷首有此图）或背诵近体诗两法学习。诵读四声图最好用自己方音；全读或反复读一行（如东、董、冻、笃）都可。但须常读，到任举一字能辨其声为止。这方法在成人也是有效的，有人用过，不过似乎太机械些。背诵近体诗要有趣得多，而且是一举两得的办法。近体诗的平仄有一定的谱，从那调匀的声调里，你可渐渐地辨别，这方法也有人用过见效；但我想怕只能辨别平仄，要辨别四声，还是得读四声图的。所以若能两法并用最好。至于"韵"的观念，比较容易获得，方法仍然是背诵近体诗，可是得有人给指出韵的位置和韵书的用法。这是容易说明的，与平仄之全凭天籁不同。不过单是说明，没有应用，不能获得确实的观念，所以还要靠背诵。固然旧诗的韵有时与我们的口音不合：我们以为不同韵的字，也许竟是同韵，我们以为同韵的字，也许竟会不同韵；但这可以预先说明。好在大部分不致差得很远；我们只要明白韵的观念，并非要辨别各字的韵部，这样也就行了。我只举近体诗，因为古体诗用韵较不整齐，又往往换韵，而所用韵字的音与现在相差也更远。至于韵即今日所谓母音或元音，同韵字即同母音或元音的字，押韵即将此类字用在相"当"的地位，这些想是中学生诸君所已知道的。

记诵只是诗学的第一步。单记诵到底不够的；须能明白诗的表现方式，记诵的效才易见。诗是特种的语言，它因音数（四五七言是基本音数）的限制，便有了特种的表现法。它须将一个意思或一层意思或几层意思用一定的字数表现出来；它与自然的散文的语言有时相近，有时相远，但绝不是相同的。它需要艺术的功夫。近体诗除长律外，句数有定，篇幅较短，有时还要对偶，所以更其是如此。固然，这种表现法，记诵的诗多了，也可比较同异，渐渐悟出；但为时既久，且未必能鞭辟入里。因此便需要说诗的人。说诗有三种：注明典实，申述文义，评论作法。这三件就是说，用什么材料，表什么意思，使什么技巧。上两件似乎与表现方式无涉；但不知道这些，又怎能看出表现方式？也有些诗是没什么典实的，可是文义与技巧总有待说明处；初学者单靠自己捉摸，究竟不成。我常想，最好有"诗例"这种书，略仿俞曲园《古书疑义举例》的体裁，将诗中各种句法或辞例，一一举证说明。坊间诗学入门一类书，也偶然注意及此，但太略、太陋，无甚用处。比较可看而又易得的，只有李锳《诗法易简录》（有铅印本）、朱宝莹《诗式》（中华书局铅印）。《诗法易简录》于古体诗，应用王士禛、赵执信诸家之说，侧重声调一面，所论颇多精到处。于近体诗专重章法，简明易晓，不作惝恍迷离语，也不作牵强附会语。《诗式》专取五七言近体，皆唐人清新浅显之作，逐首加以评语注释。注释太简陋，且不免错误；评语详论句法章法，很明切，便于初学。书中每一体（指绝句、律句）前有一段说明,论近体声调宜忌,能得要领。初学读此书及前书后半部,可增进对于近体诗的理解力和鉴赏力。至于前书古体一部分,却宜等明白四声后再读;早读定莫名其妙。

　　此外宜多读注本、评本。注本易芜杂,评本易肤泛笼统,选择甚难。我是主张中学生应多读选本的,姑就选本说罢。唐以前的五言诗与乐府,自然用《文选》李善注(仿宋、胡刻《文选》有影印本),刘履的《选诗补注》(有石印本)和于光华的《文选集评》(石印本名《评注昭明文选》)也可参看。《玉台新咏》(吴兆宜笺注;有石印本)的重要仅次于《文选》;有些著名的乐府只见于此书;又编者徐陵在昭明太子之后,所以收的作家多些。沈德潜《古诗源》也可用,有王莼父笺注本(崇古书社铅印),但笺注颇有误处。唐诗可用沈氏《唐诗别裁集》(有石印本),此书有俞汝昌引典备注(刻本),是正统派选本。另有五代韦縠《才调集》,以晚唐为宗,有冯舒、冯班评语,简当可看(有石印本);殷元勋、宋邦绥作笺注,石印本无之。以上二书,兼备众体。元好问的《唐诗鼓吹》专选中晚唐七律;元是金人,当然受宋诗的影响,他是别出手眼去取的。此书有郝天挺注,廖文炳解,钱谦益、何焯评(文明书局石印)。有人说这是伪书,钱谦益曾作序辩之;我得见姚华先生所藏元刊本诸序,觉得钱氏所说不误。另有徐增《而庵说唐诗》(刻本),颇能咬嚼文字,启人心思,也是各体都有。宋诗选本有注者似甚少。七古可看闻人倓《古诗笺》(王士禛原选);七律可看赵彦传《宋今体诗钞注略》(姚鼐有《今体诗钞》,此书只注宋代诸作)。但前书价贵些,后书又少见。张景星《宋诗百一选》(石印本,在《五朝诗别裁集》中)备各体,可惜没有注。选集的评本,除前已提及的外,最多最著的要算纪昀《瀛奎律髓刊误》。纪氏论诗虽不免过苛,但剖析入微,耐人寻味,值得细看。又文明书局有《历代诗评注读本》(分古诗、唐诗、宋元明诗、清诗),也还简明可看。至于汉以前的诗,自然该读《诗经》《楚辞》。《诗经》可全读,用朱熹集注就行;《楚辞》只需读屈、宋诸篇,也可用朱熹集注。

诗话可以补注本、评本之不及,大抵片段的多,系统的少。章学诚分诗话为论诗事与辞两种,最为明白。成书最早的诗话,要推梁钟嵘的《诗品》(许文玉《诗品释》最佳,北京大学出版社代售),将汉以来五言诗作者分为上中下三品,所论以辞为主。到宋代有"诗话"之名,诗话也是这时才盛。我只举魏庆之《诗人玉屑》及严羽《沧浪诗话》两种。前者采撷南宋诸家诗话,分类编成,能引人入胜,后者始创"诗有别材别趣"之说,影响后世甚大(均有石印本,后者并有注)。袁枚的《诗法丛话》(有石印本)也与《诗人玉屑》同类,但采撷的范围直至清代。至于专论诗话的,有郭绍虞先生的《诗话丛话》,见《小说月报》二十卷一、二、四诸号中,可看。诗话之外,若还愿意知道一些诗的历史,我愿意介绍叶燮《原诗》(见《清诗话》,文明书局发行);《原诗》中论诗学及历代诗大势,都有特见。黄节先生《诗学》要言不烦,只是已绝版。陆侃如先生《中国诗史》听说已由大江书铺付印,那将是很好的一部诗史,我念过其中一部分。此外邵祖平《唐诗通论》(《学衡》十二期)总论各节都有新意;许文玉《唐诗综论》(北京大学出版社代售)虽琐碎而切实,均可供参考。宋诗有庄蔚心《宋诗研究》(大东书局),材料不多,但多是有用的原料;较《小说月报》《中国文学研究》中陈延杰《宋诗的派别》一文要好些。再有,胡适先生《白话文学史》和《国语文学史》中论诗诸章,以白话的立场说旧诗趋势,也很值得一读的。

附注　文中忘记说及顾实的《诗法捷要》一书(上海医学书局印)。这本书杂录前人之说(如方回《瀛奎律髓》、周弼《三体唐诗》等),没有什么特见,但因所从出的书有相当价值,所以可看。书分三编:前编论绝句;中编论律诗,均先述声律,次列作法,终举作例;后编专论古诗声韵。初学可先看前两编。

(一九三一年五月《中学生》第十五号)

二　诗的语言

（一）诗是语言

普通人多以为诗是特别的东西，诗人也是特别的人。于是总觉得诗是难懂的，对它采取干脆不理的态度，这实在是诗的一种损失。其实，诗不过是一种语言，精粹的语言。

1.诗先是口语　最初诗是口头的，初民的歌谣即是诗，口语的歌谣，是远在记录的诗之先的，现在的歌谣还是诗。今举对唱的山歌为例："你的山歌没得我的山歌多。我的山歌几箩筐。萝筐底下几个洞，唱的没有漏的多。""你的山歌没得我的山歌多。我的山歌牛毛多。唱了三年三个月，还没唱完牛耳朵。"

两边对唱，此歇彼继，有挑战的意味，第一句多重复，这是诗；不过是较原始的形式。

2.诗是语言的精粹　诗是比较精粹的语言，但并不是诗人的

私语,而是一般人都可以了解的。如李白《夜思》:

　　床前明月光,疑是地上霜。举头望明月,低头思故乡。

这四句诗很易懂。而且千年后仍能引起我们的共鸣。因为所写的是"人"的情感,用的是公众的语言,而不是私人的私语,孩子们的话有时很有诗味,如:

　　院子里的树叶已经巴掌一样大了,爸爸什么时候回来呢?

这也见出诗的语言并非诗人的私语。

(二)诗与文的分界

1. 形式不足尽凭　从表面看,似乎诗要押韵,有一定形式。但这并不一定是诗的特色。散文中有时有诗。诗中有时也有散文。
　　前者如:

　　历览前贤国与家,成由勤俭破由奢。(李商隐)
　　向你倨,你也不削一块肉;向你恭,你也不长一块

肉。(傅斯年)

后者如:

  暮春三月,江南草长,杂花生树,群莺乱飞。(邱迟)

  我们最当敬重的是疯子,最当亲爱的是孩子,疯子是我们的老师,孩子是我们的朋友。我们带着孩子,跟着疯子走向光明去。(傅斯年)

  颂美黑暗。讴歌黑暗。只有黑暗能将这一切都消灭调和于虚无混沌之中。没有了人,没有了我,更没有了世世。(冰心)

上面举的例子,前两个,虽是诗,意境却是散文的。后三个虽是散文,意境却是诗的。又如歌诀,虽具有诗的形式,却不是诗。如:

  平声平道莫低昂,上声高呼猛烈强,去声分明哀远道,入声短促急收藏。

谚语虽押韵,也不是诗。如:

病来一大片，病去一条线。

2. 题材不足限制　题材也不能为诗、文的分界，"五四"时代，曾有一回"丑的字句"的讨论。有人主张"洋楼""小火轮""革命""电报"……不能入诗；世界上的事物，有许多许多——无论是少数人的，或多数人所习闻的事物——是绝对不能入诗的。但他们并没有从正面指出哪些字句是可以入诗的，而且上面所举出的事物未尝不可入诗。如邵瑞彭的词：

电掣灵蛇走，云开怪蜃沉，烛天星汉压潮音，十美灯船，摇荡大珠林。（《咏轮船》）

这能说不是"诗"吗？

3. 美无定论　如果说"美的东西是诗"，这句话本身就有语病；因为不仅是诗要美，文也要美。

大概诗与文并没有一定的界限，因时代而定。某一时代喜欢用诗来表现，某一时代却喜欢用文来表现。如，宋诗之多议论，因为宋代散文发达；这种发议论的诗也是诗。白话诗，最初是抒情的成分多，而抗战以后，则散文的成分多，但都是诗。现在的时候还是散文时代。

（三）诗缘情

诗是抒情的。诗与文的相对的分别，多与语言有关。诗的语言更经济，情感更丰富。达到这种目的的方法：

1.暗示与理解　用暗示，可以从经济的字句，表示或传达出多数的意义来，也就是可以增加情感的强度。如辛稼轩的词：

> 将军百战身名裂，向河梁回头万里，故人长绝。易水萧萧西风冷，满座衣冠似雪。正壮士悲歌未彻。

这词是辛稼轩和他兄弟分别时作的，其中所引用的两个别离的故事之间没有桥梁；如果不懂得故事的意义，就不能把它们凑合起来，理解整个儿的意思，这里需要读者自己来搭桥梁，来理解它。又如朱熹的《观书有感》：

> 半亩方塘一鉴开，天光云影共徘徊。问渠"那得清如许"？"为有源头活水来"。

也完全是用暗示的方法，表示读书才能明理。

2.比喻与组织　从上段可以看出，用比喻是最经济的办法，一个比喻可以表达好几层意思。但读诗时，往往会觉得比喻难懂。比喻又可分：

(1) 人事的比喻：比较容易懂。

(2) 历史的比喻：(典故) 比较难懂。

新诗中用比喻的例子，卞之琳《音尘》：

> 绿衣人熟稔的按门铃，
> 就按在住户的心上；
> 是游过黄海来的鱼？
> 是飞过西伯利亚来的雁？
> "翻开地图看"这人说。
> 他指示我他所在的地方，
> 是那条虚线旁那个小黑点。
> 如果那是金黄的一点，
> 如果我的坐椅是泰山顶。
> 在月夜，我要猜你那儿，
> 准是一个孤独的火车站。
> 然而我正对着一本历史书，
> 西望夕阳里的咸阳古道，
> 我等到了一匹快马的蹄音。

在这首诗里，作者将那个小黑点形象化，具体化，用了"鱼"

和"雁"的典故，又用了"泰山"和"火车站"作比喻，而"夕阳""古道"，来自李白《忆秦娥》："乐游原上清秋节，咸阳古道音尘绝，音尘绝，西风残照，汉家陵阙"，也是一种比喻，用古人的伤别的情感喻自己的情感。

诗中的比喻有许多是诗人自己创造出来的，他们从经验中找出一些新鲜而别致的东西来作比喻的。如：

陈散原先生的"乡县酱油应染梦"，"酱油"亦可创造比喻。可见只要有才，新警的比喻是俯拾即是的。

（四）组织

1. 韵律　诗要讲究音节，旧诗词中更有人主张某种韵表示某种情感者，如周济《宋四家词选叙论》：

> 阳声字多则沉顿，阴声字多则激昂，重阳间一阴，则柔而不靡，重阴间一阳，则高而不危。
>
> 东、真韵宽平，支、先韵细腻，鱼、歌韵缠绵，萧、尤韵感慨，各具声响。

2. 句式的复沓与倒置　因为诗是发抒情感的，而情感多是重

复迂回的,如古诗十九首:

> 行行重行行,与君生别离。相去万余里,各在天一涯。道路阻且长,会面安可知……

这几句都表示同一意思——相隔之远——可算一种复沓。句式的复沓又可分字重与意重。前者较简单,后者较复杂。歌谣与故事亦常用复沓,因为复沓可以加强情调,且易于记诵。如李商隐诗:

> 君问归期未有期,巴山夜雨涨秋池;何当共剪西窗烛,却话巴山夜雨时。

这也是复沓,但比较的曲折了。
新诗如杜运燮《滇缅公路》:

> ……路永远使我们兴奋,
> 都未歌唱呵,
> 这是重要的日子,
> 幸福就在手头。
> 看它,

风一样有力,
航行绿色的田野,
蛇一样轻灵,
从茂密的草木间盘上高山的背脊,
飘在云流中,
而又鹰一般敏捷,
画几个优美的圆弧,
降落下箕形的溪谷,
倾听村落里安息前欢愉的匆促,
轻烟的朦胧中。
溢着亲密的呼唤,
人性的温暖。
有时更懒散,
沿着水流缓缓走向城市,
而就在粗糙的寒夜里,
荒冷向空洞,
也一样负着全民族的食粮,
载重车的黄眼满山搜索,
搜索着跑向人民的渴望:
沉重的橡皮轮不绝的滚动着,人民兴奋的脉搏,
每一块石子一样,

> 觉得为胜利尽忠而骄傲；
> 微笑了，在满足向微笑着的星月下面，
> 微笑了，在豪华的凯旋日子的好梦里……

一方面用比喻使许多事物形象化，具体化；一方面写全民族的情感，仍不离诗的复沓的原则，复沓地写民族抗战的胜利。

句式之倒置：在引起注意。如：

> 竹喧归浣女。

3. 分行　分行则句子的结构可以紧凑一点，可以集中读者的边际注意。

诗的用字须经济。如王维的：

> 大漠孤烟直，长河落日圆。

十字，是一幅好画，但比画表现得多，因为这两句诗中的"直""圆"是动的过程，画是无法表现的。

（五）传达与了解

1. 传达是不完全的　诗虽不如一般人所说的难懂，但表达时，不是完全的。如比喻，或用典时往往不能将意思或情感全传达出来。

2. 了解也是不完全的　因为读者读诗时的心情，和周遭的情景，对读者对诗的了解都有影响。往往因心情或情景的不同，了解也不同。

诗究竟是不是如一般人所说的带有神秘性，有无限可能的解释呢？这是很不容易回答的。但有一点可以说：我们不能离开字句及全诗的连贯去解释诗。

在昆明西南联合大学师范学院讲

（姚殿芳、叶兢耕记录，《国文月刊》，一九四一年）

三 诗多义举例

　　了解诗不是件容易事，俞平伯先生在《诗的神秘》[①]一文中说得很透彻的。他所举的"声音训诂""大义微言""名物典章"，果然都是难关；我们现在还想加上一项，就是"平仄黏应"，这在近体诗很重要而懂得的人似乎越来越少了。不过这些难关，全由于我们知识不足；大家努力的结果，知识在渐渐增多，难关也可渐渐减少——不过有些是永远不能渡过的，我们也知道。所谓努力，只是多读书，多思想。

　　就一首首的诗说，我们得多吟诵，细分析；有人想，一分析，诗便没有了，其实不然。单说一首诗"好"，是不够的，人家要问怎么个好法，便非先做分析的功夫不成。譬如《关雎》诗罢，你可以引《毛传》，说以雎鸠的"挚而有别"来比后妃之德，

---

① 《杂拌儿之二》。

道理好,毛公原只是"章句之学",并不想到好不好上去,可是他的方法是分析的,不管他的分析的结果切合原诗与否。又如金圣叹评杜甫《阁夜》诗①,说前四句写"夜",后四句写"阁","悲在夜""愤在阁",不管说的怎么破碎,他的方法也是分析的。从毛公《诗传》出来的诗论,可称为比兴派;金圣叹式的诗论,起源于南宋时,可称为评点派。现在看,这两派似乎都将诗分析得没有了,然而一向他们很有势力,很能起信,比兴派尤然;就因为说得出个所以然,就因为分析的方法少不了。

语言作用有思想的、感情的两方面:如说"他病了",直叙事实,别无涵义,照字面解就够,所谓"声音训诂",属于前者。但如说"他病得九死一生","九死一生"便不能照字直解,只是"病得很重"的意思,却带着强力的情感,所谓"大义微言",属于后者②。诗这一种特殊的语言,感情的作用多过思想的作用。单说思想的作用(或称文义)吧,诗体简短,拐弯儿说话,破句子,有的是,也就够捉摸的;加上情感的作用,比喻,典故,变幻不穷,更是绕手。

还只有凭自己知识力量,从分析下手。可不要死心眼儿,想着每字每句每篇只有一个正解;固然有许多诗是如此,但是有

---

① 《唱经堂杜诗解》。
② 参看李安宅编《意义学》中论"意义之意义"一节。

些却并不如此。不但诗,平常说话里双关的也尽有。我想起个有趣的例子。前年燕京大学抗日会在北平开过一爿金利书庄,是顾颉刚先生起的字号。他告诉我"金利"有四个意思:第一,不用说是财旺;第二,金属西,中国在日本西,是说中国利;第三,用《易经》"二人同心,其利断金"的话;第四,用《左传》"摩厉以须"的话,都指对付日本说。又譬如我本名"自华",家里给我起个号叫"实秋",一面是"春华秋实"的意思,一面也因算命的说我五行缺火,所以取个半边"火"的"秋"字。这都是多义。

回到诗,且先举个小例子。宋黄彻《䂬溪诗话》里论"作诗有用事(典故)出处,有造语(句法)出处",如杜甫《秋兴》诗之三"五陵衣马自轻肥",虽出《论语》,总合其语,乃范云[①]"裘马悉轻肥"。《论语·雍也》篇"乘肥马,衣轻裘",指公西赤的"富"面言;范云句见于《赠张徐州谡》诗,却指的张徐州的贵盛,与原义小异。杜甫似乎不但受他句法影响;他这首诗上句云,"同学少年多不贱",原来他用"衣马轻肥"也是形容贵盛的。改"裘""马"为"衣""马",却是他有意求变化。至于这两句诗的用意,看来是以同学少年的得意反衬出自己的迂拙来。仇兆鳌《杜诗详注》说,"曰'自轻肥',见非己所关心"[②]。

---

① 原作"潘岳",误。
② 钱谦益《笺注》:"旋观'同学少年'、'五陵衣马',亦'渔人'、'燕子'(均见原诗)之俦侣耳,故以'自轻肥'薄之。"

多义中有时原可分主从，仇兆鳌这一解照上下文看，该算是从意。至于前例，主意自然是"财旺"，因为谁见了那个字号，第一想到的总该是"财旺"。

多义也并非有义必收：搜寻不妨广，取舍却须严；不然，就容易犯我们历来解诗诸家"断章取义"的毛病。断章取义是不顾上下文，不顾全篇，只就一章、一句甚至一字推想开去，往往支离破碎，不可究诘。我们广求多义，却全以"切合"为准；必须亲切，必须贯通上下文或全篇的才算数。从前笺注家引书以初见为主，但也有一个典故引几种出处以资广证的。不过他们只举其事，不述其义；而所举既多简略，又未必切合，所以用处不大。去年暑假，读英国 Empson 的《多义七式》(*Seven Types of Ambiguity*)，觉着他的分析法很好，可以试用于中国旧诗。现在先选四首脍炙人口的诗作例子；至于分别程式，还得等待高明的人。

（一）古诗一首

行行重行行，与君生别离。相去万余里，各在天一涯。道路阻且长，会面安可知。胡马依北风，越鸟巢南枝。相去日已远，衣带日已缓。浮云蔽白日，游子不顾反。思君令人老！岁月忽已晚。弃捐勿复道，努力加餐饭。

胡马依北风，越鸟巢南枝。

一、《文选》李善注引《韩诗外传》曰："诗曰'代马依北风，飞鸟栖故巢'，皆不忘本之谓也。"

二、徐中舒《古诗十九首考》[①]："《盐铁论·未通》篇：'故代马依北风，飞鸟翔故巢，莫不哀其生。'"

三、又："《吴越春秋》：'胡马依北风而立，越燕望海日而熙，同类相亲之意也。'"

四、张庚《古诗十九首解》："一以紧承上'各在天一涯'，言北者自北，南者自南，永无相见之期。"

五、又："二以依北者北，巢南者南，凡物各有所托，遥伏下思君云云，见己之身心，惟君子是托也。"

六、又："三以依北者不思南，巢南者不思北，凡物皆恋故土，见游子当返，以起下'相去日已远'云云。"

照近年来的讨论，《古诗十九首》作于汉末之说比较可信些，那么便在《吴越春秋》之后了。前三义都可采取。比喻的好处就在弹性大；像这种典故，因经过多人引用，每人略加变化，更是涵

---

① 《国立中山大学语言历史研究所周刊》六十五期。

义多。——但这个典故的涵义，当时已然饱和，所以后人用时得大大改样子：像陶渊明《归园田居》里的"羁鸟恋旧林，池鱼思故渊"，以"返自然"的意思为主，面目就不同。陶以后大概很少人用这种句法了。——本诗中用这个典故，也有点新变化，便是属对工整。（六）的"恋故土"，原也是"不忘本"的一种表现。但下文所说，确定本诗是居者之辞，这一层以后还须讨论。（四）（五）以胡弓越鸟表分居南北之意。但照（一）（二）（三）看，这两件事原以比喻一个理；所以要用两件事，为的是分量重些，骈语的气势也好些，诸子中便常有这种句法。（四）（五）两说，违背古来语例，不足取。

相去日已远，衣带日已缓。

一、《古乐府歌诗》[①]："……胡地多飚风，树木何修修。离家日趋远，衣带日趋缓。心思不能言，肠中车轮转。"

二、张《解》："'相去日已远'以下言久也。……'远'字若作'远近'之'远'，与上文'相去万余里'复矣。惟相去久，故思亦久，以致衣带缓。带缓伏下'加餐'。"

《古乐府歌诗》不知在本诗前后；若在前，"离家"二句也许是"相

---

① 《太平御览》卷二十五。

去"二句所从出。那么从"胡地"句一直看下去，本诗是行者之辞了。但因下史"思君令人老"二句，又觉得不必然，详后。"相去"句若从"离家"句出来，"远"字自然该指"远近"；可是张解也颇切合，"远"字也许是双关，与下文"岁月忽已晚"句呼应。不过主意还该是"远近"罢了。至于与"相去万余里"重复，却毫不足为病。复沓原是古诗技巧之一；而此处更端另起，在文义和句法上复沓一下，也可以与上文扣得紧些。"带缓伏下'加餐'"，容后再论。

浮云蔽白日，游子不顾反。

一、《文选》李善注："浮云之蔽白日，以喻邪佞之毁忠良，故游子之行，不顾反也。《古杨柳行》曰：'谗邪害公正，浮云蔽白日。'义与此同也。"

二、刘履《选诗补注》："游子所以不复顾念还返者，第以阴邪之臣上蔽于君，使贤路不通，犹浮云之蔽白日也。"

三、朱筠河《古诗十九首说》（徐昆笔述）："浮云二句，忠厚之极。'不顾返'者，本是游子薄幸，不肯直言，却托诸浮云蔽日。言我思子而不思归，定有谗人间之，不然，胡不返耶？"

四、张《解》："此臣不得于君而寓言于远别离也。……白日比游子，浮云比谗间之人。……见游子之心本如白日，其不思返者，为谗人间之耳。"

四说都以"浮云蔽日"为比喻,所据的是《古杨柳行》,今已佚。而(一)(二)以本诗为行者(逐臣)之辞,(三)(四)却以为居者(弃妻)之辞。浮云蔽日是比而不是赋,大约可以相信。与古诗时代相去不久的阮籍《咏怀》诗中有云:"单帷蔽皎日,高树隔微声,谗邪使交疏,浮云令昼暝。"徐中舒先生《古诗考》里说也是用的《古杨柳行》的意思,可见《古杨柳行》不是一首生僻的乐府,本诗引用其语,是可能的。固然,我们还没有确证,说这首乐府的时代比本诗早;不过就句意说,乐府显而本诗晦,自然以晦出于显为合理些。解为逐臣之辞,在本诗也可贯通;但古诗别首似乎就没有用"比兴"的,因此此解还不一定切合。——《涉江采芙蓉》一首全用《楚辞》①,也许有点逐臣的意思,但那是有意檃栝,又当别论。解为弃妻之辞,因"思君令人老"一句的关系,可得《冉冉孤生竹》一首作旁证,又"游子"句与《青青河畔草》的"荡子行不归"相仿佛,也可参考,似乎理长些。那么,"浮云蔽日"所比喻的,也将因全诗解法不同而异。

思君令人老,岁月急已晚。

　　一、《古诗》之八《冉冉孤生竹》有云:"思君令人老,轩车来何迟。……君亮执高节,贱妾亦何为。"张《解》:"身固未尝老,思君

---

① 此俞平伯先生说。

致然。即《诗》所谓'维忧用老'也。"

二、朱《说》："'思君令人老'，又不止于衣带缓矣。'岁月忽已晚'，老期将至，可堪多少别离耶！"

三、张《解》："思君二句承衣带缓来；己之憔悴，有似于老，而实非衰残，只因思君使然。然屈指从前岁月，亦不可不云晚矣。"

《冉冉孤生竹》明是弃妇之辞，其中"思君令人老"一句，可以与本诗参证。"维忧用老"是《小雅·小弁》诗语。《小弁》诗的意思还不能确说，朱熹以为是周幽王太子宜臼被逐而作；那么与本诗"逐臣"一解，便有关联之处。但《冉冉孤生竹》里"思君"一句，虽用此语（直接或间接），却只是断章取义；本诗用它或许也是这样。想以此证本诗为逐臣之辞，是不够的。"岁月晚"，（二）（三）都解为久，与上文"相去日已远""思君令人老"呼应，原也切合；但主意怕还近于《东城高且长》中"岁暮一何速"一句。杜甫《送远》诗有"草木岁月晚"语，仇兆鳌注正引本诗，可供旁参。

弃捐勿复道，努力加餐饭。

一、朱《说》："日月易迈，而甘心别离，是君之弃捐我也。'勿复道'是决词，是狠语……下却转一语曰：'努力加餐饭'，恩爱之至，有加无已，真得三百篇遗意。"

二、张《解》:"弃捐二句……言相思无益,徒令人老,曷若弃捐勿道,且'努力加餐',庶几留得颜色,以冀他日会面也。"

俞平伯先生以陆士衡拟作中"去去遗情累",及他诗中类似的句子证明弃捐句当从张解。这是主动、被动的分别,是个文法习惯问题。至于"努力加餐饭",张以为就是那衣带缓的弃妇(张以为比喻逐臣),却不是的。蔡邕(?)《饮马长城窟行》末云:"长跪读素书,书中竟何如?上有'加餐食',下有'长相忆'。"可见"加餐食"是勉人的话,——直到现在,我们写信偶然还用。《史记·外戚世家》:"[卫]子夫上车,平阳主拊其背曰:'行矣,强饭,勉之;即贵,毋相忘。'""强饭"与"加餐食"同意。——解作自叙,是不切合的。

(二)陶渊明饮酒一首

结庐在人境,而无车马喧。问君何能尔,心远地自偏。采菊东篱下,悠然见南山。山气日夕佳,飞鸟相与还。此中有真意,欲辩已忘言。

结庐在人境,而无车马喧。问君何能尔,心远地自偏。

王康琚《反招隐》诗云:"小隐隐陵薮,大隐隐朝市;伯夷窜首阳,老聃伏柱史。"渊明之隐,在此二者之外另成一新境界,但《庄子·让王》:"中山公子牟谓瞻子曰:'身在江海之上,心居乎魏阙之下,奈何!'"渊明或许反用其意,也未可知。后来谢灵运《斋中读书》诗云:"昔余游京华,未尝废丘壑。矧乃归山川,心迹双寂寞。"迹寄京华,心存丘壑,反用《庄子》语意,可为旁征。但陶咏的是境因心远而不喧,与谢的迹喧心寂还相差一间。

采菊东篱下。

吴淇《选诗定论》说:"采菊二句,俱偶尔之兴味。东篱有菊,偶尔采之,非必供下文佐饮之需。"这大概是古今之通解。渊明为什么爱菊呢?让他自己说:"芳菊开林耀,青松冠岩列;怀此贞秀姿,卓为霜下杰。"(《和郭主簿》之二)我们看钟会的《菊赋》:"故夫菊有五美焉:……冒霜吐颖,象劲直也。……"可见渊明是有所本的。但钟会还有"流中轻体,神仙食也"一句,菊花是可以吃的。渊明自己便吃,《饮酒》之七云:"秋菊有佳色,裛露掇其英;泛此忘忧物,远我遗世情。"可见是一面赏玩,一面也便放在酒里喝下去。这也有来历,"泛流英于青(?)醴,似浮萍之随波"。见于潘尼《秋菊赋》。喝菊花酒也许还有一定的日子。渊明《九日闲居》诗序:"秋菊盈园而持醪靡由,空服九华。"诗里也说:"酒能祛百虑,菊解制颓龄。……尘爵耻虚罍,寒花徒自荣。"似乎只吃花而设喝酒,很是一桩缺憾。这个风俗也早有了。魏文帝《九日与钟繇书》里说:"至于芳菊,纷然独荣。非夫含乾坤之纯和,体芬芳之淑气,孰能如此。故屈平悲冉冉之将老,思'餐秋菊之落英'。辅体延年,莫斯之贵。谨奉一束,以助彭祖之术。"再早的崔寔《四民月令·九月》也记着"九日可采菊花"的话。照这些情形看,本诗的"采菊",也许就在九日,也许是"供佐饮之需";这种看法,在今人眼里虽然有些煞风景,但是很可能的。九日喝菊花酒,在古人或许也是件雅事呢。

此中有真意,欲辩已忘言。

一、《文选》李善《注》:"《楚辞》曰:'狐死必首丘,夫人孰能反其真情?'王逸《注》曰:'真,本心也。'"

二、又:"《庄子》曰:'言者,所以在意也,得意而忘言。'"

三、古直《陶靖节诗笺》:"《庄子·齐物论》:'辩也者,有不辩也。''大辩不言。'"

渊明《始作镇军参军经曲阿作》云:"目倦川涂异,心念山泽居。望云惭高鸟,临水愧游鱼。真想初在襟,谁谓形迹拘。聊且凭化迁,终返班生庐。""真意"就是"真想";而"真"固是"本心",

也是"自然"。《庄子·渔父》:"礼者,世俗之所为也。真者,所以受于天也,自然不可易也。故圣人法天贵真,不拘于俗。愚者反此,不能法天而恤于人,不知贵真,禄禄而受变于俗,故不足。"渊明所谓"真",当不外乎此。

(三) 杜甫秋兴一首

昆明池水汉时功,武帝旌旗在眼中。织女机丝虚夜月,石鲸鳞甲动秋风。波漂菰米沉云黑,露冷莲房坠粉红。关塞极天唯鸟道,江湖满地一渔翁。

《秋兴》

一、钱谦益《笺注》:"殷仲文〔《南州桓公九井作》〕诗云:'独有清秋日,能使高兴尽。'"

二、又:"潘岳《秋兴赋》序云:'于时秋也,遂以名篇。'"

三、仇兆鳌《注》:"黄鹤、单复俱编在〔代宗〕大历元年……〔时〕在夔州。"

(一)(二)都只说明诗题的来历,杜所取的当只是"秋兴"的文义而已。

昆明池水汉时功,武帝旌旗在眼中。

一、钱《笺》:"《西京杂记》:'昆明池中有戈船楼船各数百艘。楼船上建楼橹,戈船上建戈矛,四角悉垂幡旄,旍葆麾盖,照灼涯涘。余少时犹忆见之。'"

二、钱《笺》:"旧笺谓借汉武以喻玄宗,指[《兵车行》]'武皇开边'为证。玄宗虽兴兵南诏,未尝如武帝穿昆明以习战,安得有'旌旗在眼'之语?……今谓'昆明'一章紧承上章'秦中自古帝王州'一句而申言之。""汉朝形胜莫壮于昆明,故追隆古则特举'昆明',曰'汉时',曰'武帝',正克指'自古帝王'也。此章盖感叹遗迹,企想其妍丽,而自伤远不得见。"

三、仇《注》:"此云'旌旗在眼',是借汉言唐。若远谈汉事,岂可云'在眼中'乎?公《寄岳州贾司马》诗:'无复云台仗,虚修水战船。'则知明皇曾置船于此矣。"

玄宗既无修水战船之事,《寄岳州贾司马》诗"虚修"一语,只是"未修"之意。仇以此注本诗,却又以本诗注《寄贾司马》诗,明是丐词。《兵车行》"武皇开边"一语,上下文都咏时事,确是借喻,与本诗不同。钱义自长,但说本诗紧承上章,却未免太看重连章体了。中国诗连章体,除近人所作外,就没有真正意脉贯通的;解者往往以己意穿凿,与"断章取义"同为论诗之病。其实若只用"秦中"句做本诗注脚,倒是颇切合的。又仇论"在眼中"一语,也太死,不合实际情形。

织女机丝虚夜月,石鲸鳞甲动秋风。

一、钱《笺》:"《汉宫阙疏》:'昆明池有二石人牵牛织女象。'《西京杂记》:'昆明池刻玉石为鱼,每至雷雨,鱼常鸣吼,鳍尾皆动。'"

二、杨慎《升庵诗话》:"隋任希古《昆明池应制诗》曰:'回眺牵牛渚,激赏镂鲸川。'便见太平宴乐气象。今一变云:'织女……秋风',读之则荒烟野草之悲见于言外矣。"

三、钱《笺》:"[杨]亦强作解事耳。叙昆明之胜者,莫如孟坚(《西都赋》)、平子(《西京赋》)。一则曰:'集乎豫章之馆,临乎昆明之池,左牵牛而右织女,若云汉之无涯。'一则曰:'豫章珍馆,揭焉中峙,牵牛立其左,织女处其右,日月于是乎出入,象扶桑与濛汜。'此用修(慎)所夸盛世之文也。余谓班、张以汉人叙汉事,铺陈名胜,故有云汉日月之言,公以唐人叙汉事,摩挲陈迹,故有机丝夜月之词,此立言之体也。何谓彼颂繁华而此伤丧乱乎。"

四、仇《注》:"织女二句记池景之壮丽。"

"丧乱"指长安经安史之乱而言。钱说引了班、张赋语,杜的"摩挲陈迹",才确实觉得有意义。但"夜月""秋风"等固然是实写秋意,确也令人有"荒烟野草之悲"。专取钱说,不顾杜甫作诗之时,未免有所失;不如以秋意为主,而以钱、杨二义从之。至于仇说的"壮丽",却毫无本句及上下文的根据。

波漂菰米沉云黑,露冷莲房坠粉红。

　　一、钱《笺》:"《西京赋》:'昆明灵沼,黑水玄阯。'[李]善曰:'水色黑,故曰玄阯也。'"

　　二、仇《注》:"鲍照[《苦雨》]诗:'沉云日夕昏。'"

　　三、仇《注》:"王褒[《送刘中书葬》]诗:'塞近边云黑。'"

　　四、钱《笺》:"赵[次公]《注》曰:'言菰米之多,黯黯如云之黑也。'"

　　五、钱《笺》:"昌黎《曲江荷花行》云:'问言何处芙蓉多,撑舟昆明渡云锦。'注云:'昆明池周回四十里,芙蓉之盛,如云锦也。'"

　　六、《升庵诗话》:"《西京杂记》云:'太液池中有雕菰,紫箨绿节,凫雏雁子,唼喋其间。'《三辅黄图》云:'宫人泛舟采莲,为巴人棹歌',便见人物游嬉,宫沼富贵。今一变云,'波漂……粉红',读之则菰米不收而任其沉,莲房不采而任其坠,兵戈乱离之状具见矣。"

　　七、钱《笺》:"菰米莲房,补班、张铺叙所未见。'沉云'、'坠粉',描画素秋景物,居然金碧粉本。昆池水黑……菰米沉沉,象池水之玄黑,极言其繁殖也。用修言……不已倍乎!"

　　八、仇《注》:"菰米莲房,逢秋零落,故以兴己之漂流衰谢耳。"

钱解上句,合李、赵为一,正是所谓多义,但赵义自是主;鲍、王诗也当参味。杨引《西京杂记》《三辅黄图》语，全与昆明无涉，所说"一变"，自不足信。但"漂""沉""黑""露冷""坠粉红"等状，虽不见"兵戈乱离"，却也够荒凉寂寞的。这自然也是以写秋意为主，但与《哀江头》里的"细柳新蒲为谁绿"，有仿佛的味道。仇说"菰米莲房，逢秋零落"，诗中只说莲房零落，菰米却盛。他又说杜"以兴己之漂流衰谢"，照上下文看，诗还只说到长安，隔着夔州还"关塞极天"，如何能"兴"到他自己身上去！

关塞极天唯鸟道，江湖满地一渔翁。

一、《史记·货殖列传》："范蠡……乃乘扁舟，浮于江湖。"

二、陶渊明《与殷晋安别》诗："江湖多贱贫。"

三、仇《注》："陈泽州注：'"江"即"江间破浪"见（《秋兴》第一首），带言"湖"者，地势接近，将赴荆南也。'"

四、浦起龙《读杜心解》："'江湖满地'，犹言漂流处处也。"

五、仇《注》："傅玄［《墙上难为趋行》］诗：'渭滨渔钓翁，乃为周所咨'。"

六、钱《笺》："二句正写所思之况：'关塞极天'，岂非风烟万里（见原第六首），'满地一渔翁'，即信宿泛泛之渔人（见原第三首）耳，上下俯仰，亦'在眼中'。谓公自指'一渔翁'则陋。"

七、仇《注》："陈泽州注：'公诗"天入沧浪一钓舟"、"独把钓竿终远去"，皆以渔翁自比。'"

八、仇《注》："身阻鸟道而迹比渔翁，以见还京无期，不复睹王居之盛也。"

九、杨伦《杜诗镜铨》："'极天'、'满地'，乃俯仰兴怀之意。"

陈解"江湖"太破碎，当兼用陶诗《史记》义；但他证明"渔翁"乃甫自指，却切实可信。钱说"渔翁"就是原第三首的"渔人"，空泛无据。傅玄诗意，或者带一点儿。钱、仇读下句，似乎都在"湖"字一顿，与上句上四下三不同；但这一联还在对偶，照浦《解》"满地"属上读更自然。"满地"即满处走之意，属上属下原都成，也是个文法问题；但属上读，声调整齐些，属下读，声调有变化些。杨伦语也不切，但"俯仰兴怀"关合天地却好。至于仇说"不复睹王居之盛"，和钱说"感叹遗迹，企想其妍丽，而自伤远不得见"，倒是大致相同；不过照上面所讨论，我想说，"不复睹王居"，"感叹遗迹，而自伤远不得见"，怕要切合些；而这两层也得合在一起说才好。

（四）黄鲁直登快阁一首

痴儿了却公家事，快阁东西倚晚晴。落木千山天远大，澄江一道月分明。朱弦已为佳人绝，青眼聊因美酒横。万里归船弄长笛，此心吾与白鸥盟。

快阁
　　一、史容《山谷外集注》："快阁在太和。"
　　二、高步瀛《唐宋诗举要》："清《一统志》：'江西吉安府：快阁在太和县治东澄江之上，以江山广远，景物清华，故名。'"
　　三、《年谱》列此诗于神宗元丰六年（西元一〇八三）下，时鲁直知吉州太和县。

痴儿了却公家事，快阁东西倚晚晴。

《晋书·傅咸传》："[杨]骏弟济素与咸善，与咸书曰：'江海之流混混，故能成其深广也。天下大器，非可稍了，而相观每事欲了。生子痴，了官事，官事未易了也；了事正作痴，复为快耳。'"这是劝咸"官事"不必察察为明，麻糊点办得了，装点儿傻自己也痛快的。这两句单从文义上看，只是说麻麻糊糊办完了公事，上快阁看晚晴去。但鲁直用"生子痴，了官事"一典，却有四个意思：一是自嘲，自己本不能了公事；二是自许，也想大量些，学那江海之流，成其深广，不愿沾滞在了公事上；三是自放，不愿了公事，想回家与"白鸥"同处；四是自快，了公事而登快阁，更觉出"阁"之为"快"了。

落木千山天远大，澄江一道月分明。

　　一、杜甫《登高》诗："无边落木萧萧下。"

　　二、李白《金陵城西楼月下吟》："金陵夜寂凉风发，独上高楼望吴越。……月下沉吟久不归，古今相接眼中稀。解道'澄江净如练'，令人长忆谢玄晖。"

　　三、周季凤《山谷先生别传》："木落江澄，本根独在，有颜子克复之功。"

"澄江"变为江名，怕是后来的事。不引谢朓而引李白，一则因李咏月下景，与下句合，二则"古今"句咏知音难得，就是下文"朱弦"一联之主意，鲁直大概也是"独上"，与李不无同感。知道李白这首诗，本联与下一联之间才有脉络可寻，不然，前后两截，就觉着松懈些。周说是从这两句也可以见出鲁直胸襟远大，分明有仁者气象，诗有时确是可以观人的；不过一定说"有颜子克复之功"，便不免理学套语。

朱弦已为佳人绝，青眼聊因美酒横。

　　一、《礼记·乐记》："清庙之瑟，朱弦而疏越（瑟底孔），一倡而三叹，有遗音者矣。"

二、《吕氏春秋·本味》篇："伯牙鼓琴，钟子期听之。方鼓琴而志在太山，钟子期曰：'善哉乎鼓琴，巍巍乎若太山。'少选之间而志在流水，钟子期又曰：'善哉乎鼓琴，汤汤乎若流水。'钟子期死，伯牙破琴绝弦，终身不复鼓琴，以为世无足复为鼓琴者。"

三、史《注》："用钟期、伯牙事，不知谓谁。"

四、汉武帝《秋风辞》："怀佳人兮不能忘。"《文选》六臣注："佳人，谓群臣也。"

五、赵彦博《今体诗钞注略》："按公《怀李德素》诗：'古来绝朱弦，盖为知音者。'"

六、纪昀《瀛奎律髓刊误》："此佳人乃指知音之人，非妇人也"。

七、《唐宋诗举要》："《晋书·阮籍传》曰：'籍又能为青白眼……嵇喜来吊，籍作白眼，喜不怿而退。喜弟康闻之，乃赍酒挟琴造焉。籍大悦，乃见青眼。'"

上句用子期、伯牙故事，自然是主意；但"朱弦"影带"一唱三叹有遗音"之意，兼示伯牙琴音之妙，关合这故事的前一半。史说"不知谓谁"，是以为"佳人"实有所指；而这个人或已死，或远离，都可能的。但鲁直也许断章取义，只用"世无足复为鼓琴者"一语，以示钟期已往，世无知音；所谓"佳人"，便指的钟期自己。这么着，他似乎是说，琴弦已为钟期而绝，今世哪里会有知音呢？青眼的故事与琴和酒都有关合处；鲁直也许是说嵇康的《广陵散》①已绝，世无可加"青眼"之人，"青眼"只好加到美酒上罢了。这两句也许是登临时遐想，也许还带着记事，就是"且喝酒"之意。

万里归船弄长笛，此心吾与白鸥盟。

一、马融《长笛赋》："可以……写神喻意……溉盥污秽，澡雪垢滓矣。"

二、伏滔《长笛赋》："……近可以写情畅神……穷足以怡志保身。"

三、《列子·黄帝》篇："海上之人有好鸥鸟者，每旦之海上，从鸥鸟游。鸥鸟之至者，百住（音数）而不止，其父曰：'吾闻鸥鸟皆从汝游，汝取来吾玩之。'明日之海上，鸥鸟舞而不下也。故曰，至言去言，至为无为；齐智之所知，则浅矣。"

四、夏竦《题睢阳》诗："忘机不管人知否，自有沙鸥信此心。"

鲁直是洪州分宁县人，去太和甚近，而说"万里归船"，不免肤廓；此当是杜甫影响，因为甫喜欢用"百年""万里"等大字眼，但他用得合式。两句以思归隐结，本是熟套。"弄长笛"似乎节

---

① 《晋书·嵇康传》："康将刑东市……顾视日影，索琴弹之，曰：'昔袁孝尼尝从吾学《广陵散》，吾每靳固之；《广陵散》于今绝矣。'"

取马、伏两赋义,与归船相连,却算新意思;"白鸥盟"之"盟",也似乎未经人道。"此心"即"心","此"字别无涵义;心与鸥盟,即慕"无为",思"忘机",轻"齐智"(庸俗之人),鄙官事之意,与全篇都有照应。

(《中学生》杂志)

四　诗的流变

汉武帝立乐府，采集代、赵、秦、楚的歌谣和乐谱；教李延年作协律都尉，负责整理那些歌辞和谱子，以备传习唱奏。当时乐府里养着各地的乐工好几百人，大约便是演奏这些乐歌的。歌谣采来以后，他们先审查一下。没有谱子的，便给制谱；有谱子的，也得看看合式不合式，不合式的地方，便给改动一些。这就是"协律"的工作。歌谣的"本辞"合乐时，有的保存原来的样子，有的删节，有的加进些复沓的甚至不相干的章句。"协律"以乐为主，只要合调；歌辞通不通，他们是不大在乎的。他们有时还在歌辞里夹进些泛声；"辞"写大字，"声"写小字。但流传久了，声辞混杂起来，后世便不容易看懂了。这种种乐歌，后来称为"乐府诗"，简称就叫"乐府"。北宋太原郭茂倩收集汉乐府以下历代合乐的和不合乐的歌谣，以及模拟之作，成为一书，题作《乐府诗集》；他所谓"乐府诗"，范围是很广的。就中汉乐府，沈约《宋书·乐志》特称为"古辞"。

汉乐府的声调和当时称为"雅乐"的三百篇不同，所采取的是新调子。这种新调子有两种："楚声"和"新声"。屈原的辞可为楚声的代表。汉高祖是楚人，喜欢楚声；楚声比雅乐好听。一般人不用说也是喜欢楚声的。楚声便成了风气。武帝时乐府所采的歌谣，楚以外虽然还有代、赵、秦各地的，但声调也许差不很多。那时却又输入了新声；新声出于西域和北狄的军歌。李延年多采取这种调子唱奏歌谣，从此大行，楚声便让压下去了。楚声的句调比较雅乐参差得多，新声的更比楚声参差得多。可是楚声里也有整齐的五言，楚调曲里各篇更全然如此，像著名的《白头吟》《梁甫吟》《怨歌行》都是的①。这就是五言诗的源头。

汉乐府以叙事为主。所叙的社会故事和风俗最多，历史及游仙的故事也占一部分。此外便是男女相思和离别之作，格言式的教训，人生的慨叹等等。这些都是一般人所喜欢的题材。用一般人所喜欢的调子，歌咏一般人所喜欢的题材，自然可以风靡一世。哀帝即位，却以为这些都是不正经的乐歌，他废了乐府，裁了多一半乐工——共四百四十一人——大概都是唱奏各地乐歌的。当时颇想恢复雅乐，但没人懂得，只好罢了。不过一般人还是爱好那些乐歌。这风气直到汉末不变。东汉时候，这些乐歌已

---

① 以上参用朱希祖《汉三大乐府调辨》（《清华学报》四卷二期）说。

经普遍化，文人仿作的渐多；就中也有仿作整齐的五言的，像班固《咏史》。但这种五言的拟作极少；而班固那一首也未成熟，钟嵘在《诗品序》里评为"质木无文"，是不错的。直到汉末，一般文体都走向整炼一路，试验这五言体的便多起来，而最高的成就是《文选》所录的《古诗十九首》。

旧传最早的五言诗，是《古诗十九首》和苏武、李陵诗；说"十九首"里有七首是枚乘作的，和苏、李诗都出现于汉武帝时代。但据近来的研究，这十九首古诗实在都是汉末的作品；苏、李诗虽题了苏、李的名字，却不合于他们的事迹，从风格上看，大约也和"十九首"出现在差不多的时候。这十九首古诗并非一人之作，也非一时之作，但都模拟言情的乐府。歌咏的多是相思离别，以及人生无常、当及时行乐的意思；也有对于邪臣当道、贤人放逐、朋友富贵相忘、知音难得等事的慨叹。这些都算是普遍的题材；但后一类是所谓"失志"之作，自然兼受了《楚辞》的影响。钟嵘评古诗，"可谓几乎一字千金"。因为所咏的几乎是人人心中所要说的，却不是人人口中、笔下所能说的，而又能够那样平平说出，曲曲说出，所以是好。"十九首"只像对朋友说家常话，并不在字面上用功夫，而自然达意，委婉尽情，合于所谓"温柔敦厚"的诗教①。到唐为止，这是五言诗的标准。

---

① "诗教"见《礼记·经解》。

汉献帝建安年间（西元一九六——二一九），文学极盛，曹操和他的儿子曹丕、曹植两兄弟是文坛的主持人；而曹植更是个大诗家。这时乐府声调已多失传，他们却用乐府旧题，改作新词；曹丕、曹植兄弟尤其努力在五言体上。他们一班人也作独立的五言诗，叙游宴，述恩荣，开后来应酬一派。但只求明白诚恳，还是歌谣本色。就中曹植在曹丕作了皇帝之后，颇受猜忌，忧患的情感，时时流露在他的作品里。诗中有了"我"，所以独成大家。这时候五言作者既多，开始有了工拙的评论；曹丕说刘桢"五言诗之善者，妙绝时人"①，便是例子。但真正奠定了五言诗的基础的是魏代的阮籍，他是第一个用全力作五言诗的人。

阮籍是老、庄和屈原的信徒。他生在魏、晋交替的时代，眼见司马氏三代专权，欺负曹家，压迫名士，一肚皮牢骚只得发泄在酒和诗里。他作了《咏怀诗》八十多首，述神话，引史事，叙艳情，托于鸟兽草木之名；主旨不外说富贵不能常保，祸患随时可至，年岁有限，一般人钻在利禄的圈子里，不知放怀远大，真是可怜之极。他的诗充满了这种悲悯的情感，"忧思独伤心"②一句可以表见。这里《楚辞》的影响很大，钟嵘说他"源出于《小雅》"，似乎是皮相之谈。本来五言诗自始就脱不了《楚辞》的

---

① 《与吴质书》。
② 《咏怀》第一首。

影响，不过他尤其如此。他还没有用心琢句；但语既浑括，譬喻又多，旨趣更往往难详。这许是当时的不得已，却因此增加了五言诗文人化的程度。他是这样扩大了诗的范围，正式成立了抒情的五言诗。

晋代诗渐渐排偶化、典故化。就中左思的《咏史》诗，郭璞的《游仙诗》，也取法《楚辞》，借古人及神仙抒写自己的怀抱，为后世所宗。郭璞是东晋初的人。跟着就流行了一派玄言诗。孙绰、许询是领袖。他们作诗，只是融化老、庄的文句，抽象说理，所以钟嵘说像"道德论"[①]。这种诗千篇一律，没有"我"；《兰亭集诗》各人所作四言、五言各一首，都是一个味儿，正是好例。但在这种影响下，却孕育了陶渊明和谢灵运两个大诗人。陶渊明，浔阳柴桑人，作了几回小官，觉得做官不自由，终于回到田园，躬耕自活。他也是老、庄的信徒，从躬耕里领略到自然的恬美和人生的道理。他是第一个将田园生活描写在诗里的人。他的躬耕免祸的哲学也许不是新的。可都是他从实生活里体验得来的，与口头的玄理不同，所以亲切有味。诗也不妨说理，但须有理趣，他的诗能够作到这一步。他作诗也只求明白诚恳，不排不典；他的诗是散文化的。这违反了当时的趋势，所以《诗品》

---

① 《诗品序》。

只将他放在中品里。但他后来确成了千古"隐逸诗人之宗"①。

　　谢灵运，宋时做到临川太守。他是有政治野心的，可是不得志。他不但是老、庄的信徒，也是佛的信徒。他最爱游山玩水，常常领了一群人到处探奇访胜；他的自然的哲学和出世的哲学教他沉溺在山水的清幽里。他是第一个在诗里用全力刻画山水的人；他也可以说是第一个用全力雕琢字句的人。他用排偶，用典故，却能创造新鲜的句子；不过描写有时不免太繁重罢了。他在赏玩山水的时候，也常悟到一些隐遁的、超旷的人生哲理；但写到诗里，不能和那精巧的描写打成一片，像硬装进去似的。这便不如陶渊明的理趣足，但比那些"道德论"自然高妙得多。陶诗教给人怎样赏味田园，谢诗教给人怎样赏味山水；他们都是发现自然的诗人。陶是写意，谢是工笔。谢诗从制题到造句，无一不是工笔。他开了后世诗人着意描写的路子；他所以成为大家，一半也在这里。

　　齐武帝永明年间（西元四八三——四九三），"声律说"大盛。四声的分别，平仄的性质，双声叠韵的作用，都有人指出，让诗文作家注意。从前只着重句末的韵，这时更着重句中的"和"；"和"就是念起来顺口，听起来顺耳。从此诗文都力求谐调，远于语言的自然。这时的诗，一面讲究用典，一面讲究声律，不免侧重技

---

① 《诗品》论陶语。

巧的毛病。到了梁简文帝，又加新变，专咏艳情，称为"宫体"，诗的境界更狭窄了。这种形式与题材的新变，一直影响到唐初的诗。这时候七言的乐歌渐渐发展。汉、魏文士仿作乐府，已经有七言的，但只零星偶见，后来舞曲里常有七言之作。到了宋代，鲍照有《行路难》十八首，人生的感慨颇多，和舞曲描写声容的不一样，影响唐代的李白、杜甫很大。但是梁以来七言的发展，却还跟着舞曲的路子，不跟着鲍照的路子。这些都是宫体的谐调。

唐代谐调发展，成立了律诗绝句，称为近体；不是谐调的诗，称为古体；又成立了古、近体的七言诗。古体的五言诗也变了格调。这些都是划时代的。初唐时候，大体上还继续着南朝的风气，辗转在艳情的圈子里。但是就在这时候，沈佺期、宋之问奠定了律诗的体制。南朝论声律，只就一联两句说；沈、宋却能看出谐调有四种句式。两联四句才是谐调的单位，可以称为周期。这单位后来写成"仄仄平平仄　平平仄仄平　平平平仄仄　仄仄仄平平"的谱。沈、宋在一首诗里用两个周期，就是重叠一次，这样，声调便谐和富厚，又不致单调。这就是八句的律诗。律有"声律""法律"两义。律诗体制短小，组织必须经济，才能发挥它的效力，"法律"便是这个意思。但沈、宋的成就只在声律上，"法律"上的进展，还等待后来的作家。

宫体诗渐渐有人觉得腻味了；陈子昂、李白等说这种诗颓靡浅薄，没有价值。他们不但否定了当时古体诗的题材，也否定了那些诗的形式。他们的五言古体，模拟阮籍的《咏怀》，但是失败了。一般作家却只大量的仿作七言的乐府歌行，带着多少的排偶与谐调。——当时往往就这种歌行里截取谐调的四句入乐奏唱。——可是李白更撇开了排偶和谐调，作他的七言乐府。李白，蜀人，明皇时作供奉翰林；触犯了杨贵妃，不能得志。他是个放浪不羁的人，便辞了职，游山水，喝酒，作诗。他的乐府很多，取材很广；他是借着乐府旧题来抒写自己生活的。他的生活态度是出世的；他作诗也全任自然。人家称他为"天上谪仙人"①；这说明了他的人和他的诗。他的歌行增进了七言诗的价值；但他的绝句更代表着新制。绝句是五言或七言的四句，大多数是谐调。南北朝民歌中，五言四句的谐调最多，影响了唐人；南朝乐府里也有七言四句的，但不太多。李白和别的诗家纷纷制作，大约因为当时输入的西域乐调宜于这体制，作来可供宫廷及贵人家奏唱。绝句最短小，贵含蓄，忌说尽。李白所作，自然而不觉费力，并且暗示着超远的境界；他给这新体诗立下了一个标准。

但是真正继往开来的诗人是杜甫。他是河南巩县人。安禄山陷长安，肃宗在灵武即位，他从长安逃到灵武，作了"左拾遗"的官，因为谏救房琯，被放了出去。那时很乱，又是荒年，他辗

---

① 原是贺知章语，见《旧唐书·李白传》。

转流落到成都，依靠故人严武，做到"检校工部员外郎"，所以后来称为杜工部。他在蜀中住了很久。严武死后，他避难到湖南，就死在那里。他是儒家的信徒；"致君尧舜上，再使风俗淳"是他的素志①。又身经乱离，亲见了民间疾苦。他的诗努力描写当时的情形，发抒自己的感想。唐代以诗取士，诗原是应试的玩意儿；诗又是供给乐工歌妓唱了去伺候宫廷及贵人的玩意儿。李白用来抒写自己的生活，杜甫用来抒写那个大时代，诗的领域扩大了，价值也增高了。而杜甫写"民间的实在痛苦，社会的实在问题，国家的实在状况，人生的实在希望与恐惧"②，更给诗开辟了新世界。

　　他不大仿作乐府，可是他描写社会生活正是乐府的精神；他的写实的态度也是从乐府来的。他常在诗里发议论，并且引证经史百家；但这些议论和典故都是通过了他的满腔热情奔迸出来的，所以还是诗。他这样将诗历史化和散文化；他这样给诗创造了新语言。古体的七言诗到他手里正式成立；古体的五言诗到他手里变了格调。从此"温柔敦厚"之外，又开了"沉着痛快"一派③。五言律诗，王维、孟浩然已经不用来写艳情而用来写山

---

① 杜甫《奉赠韦左丞丈二十二韵》。
② 胡适《白话文学史》。
③ 《沧浪诗话》说诗的"大概有二：曰优游不迫，曰沉着痛快"。"优游不迫"就是"温柔敦厚"。

水；杜甫却更用来表现广大的实在的人生。他的七言律诗，也是如此。他作律诗很用心在组织上。他的五言律诗最多，差不多穷尽了这体制的变化。他的绝句直述胸怀，嫌没有余味；但那些描写片段生活印象的，却也不缺少暗示的力量。他也能欣赏自然，晚年所作，颇有清新的刻画的句子。他又是个有谐趣的人，他的诗往往透着滑稽的风味。但这种滑稽的风味和他的严肃的态度调和得那样恰到好处，一点也不至于减损他和他的诗的身份。

杜甫的影响直贯到两宋时代；没有一个诗人不直接、间接学他的，没有一个诗人不发扬光大他的。古文家韩愈，跟着他将诗进一步散文化，而又造奇喻，押险韵，铺张描写，像汉赋似的。他的诗逞才使气，不怕说尽，是"沉着痛快"的诗。后来有元稹、白居易二人在政治上都升沉了一番；他们却继承杜甫写实的表现人生的态度。他们开始将这种态度理论化；主张诗要"上以补察时政，下以泄导人情"，"嘲风雪，弄花草"是没有意义的。[①] 他们反对雕琢字句，主张诚实自然。他们将自己的诗分为"讽谕"的和"非讽谕"的两类。他们的诗却容易懂，又能道出人们心中的话，所以雅俗共赏，一时风行。当时最流传的是他们新创的谐调的七言叙事诗，所谓"长庆体"的，还有社会问题诗。

---

① 白居易《与元九（稹）书》。

晚唐诗向来推李商隐、杜牧为大家。李一生辗转在党争的影响中。他和温庭筠并称；他们的诗又走回艳情一路。他们集中力量在律诗上，用典精巧，对偶整切。但李学杜、韩，器局较大；他的艳情诗有些实在是政治的譬喻，实在是感时伤事之作。所以地位在温之上。杜牧作了些小官儿，放荡不羁，而很负盛名，人家称为小杜——老杜是杜甫。他的诗词采华艳，却富有纵横气，又和温、李不同。然而都可以归为绮丽一派。这时候别的诗家也集中力量在律诗上。一些人专学张籍、贾岛的五言律，这两家都重苦吟，总捉摸着将平常的题材写得出奇，所以思深语精，别出蹊径。但是这种诗写景有时不免琐屑，写情有时不免偏僻，便觉不大方。这是僻涩一派。另一派出于元、白，作诗如说话，嬉笑怒骂，兼而有之，又时时杂用俗语。这是粗豪一派。①这些其实都是杜甫的鳞爪，也都是宋诗的先驱；绮丽一派只影响宋初的诗，僻涩、粗豪两派却影响了宋一代的诗。

宋初的诗专学李商隐；末流只知道典故对偶，真成了诗玩意儿。王禹偁独学杜甫，开了新风气。欧阳修、梅尧臣接着发现了韩愈，起始了宋诗的散文化。欧阳修曾遭贬谪；他是古文家。梅尧臣一生不得志。欧诗虽学韩，却平易疏畅，没有奇险的地方。梅诗幽深淡远，欧评他"譬如妖韶女，老自有余态""初如

---

① 以上参用胡小石《中国文学史》（上海人文社版）说。

食橄榄,其味久愈在"。①宋诗散文化,到苏轼而极。他是眉州眉山（今四川眉山）人,因为攻击王安石的新法,一辈子升沉在党争中。他将禅理大量地放进诗里,开了一个新境界。他的诗气象洪阔,铺叙宛转,又长于譬喻,真到用笔如舌的地步;但不免"掉书袋"的毛病。他门下出了一个黄庭坚,是第一个有意地讲究诗的技巧的人。他是洪州分宁（今江西修水）人,也因党争的影响,屡遭贬谪,终于死在贬所。他作诗着重锻炼,着重句律,句律就是篇章字句的组织与变化。他开了江西诗派。

刘克庄《江西诗派小序》说他"会萃百家句律之长,究极历代体制之变,搜猎奇书,穿穴异闻,作为古律,自成一家;虽只字半句不轻出"。他不但讲究句律,并且讲究运用经史以至奇书异闻,来增富他的诗。这些都是杜甫传统的发扬光大。王安石已经提倡杜诗,但到黄庭坚,这风气才昌盛。黄还是继续将诗散文化,但组织得更经济些;他还是在创造那阔大的气象,但要使它更富厚些。他所求的是新变。他研究历代诗的利病,将作诗的规矩得失,指示给后学,教他们知道路子,自己去创造,达到变化不测的地步。所以能够独开一派。他不但创新,还主张点化陈腐以为新;创新需要大才,点化陈腐,中才都可勉力作去。他不但能够"以故为新",并且能够"以俗为雅"。其实宋诗都可以说

---

① 《水谷夜行寄子美圣俞》。

是如此，不过他开始有意地运用这两个原则罢了。他的成就尤其在七言律上；组织固然更精密，音调也谐中有拗，使每个字都斩绝地站在纸面上，不至于随口滑过去。

南宋的三大诗家都是从江西派变化出来的。杨万里为人有气节；他的诗常常变格调。写景最工；新鲜活泼的譬喻，层见叠出，而且不碎不僻，能从大处下手。写人的情意，也能铺叙纤悉，曲尽其妙；所谓"笔端有口，句中有眼"①。他作诗只是自然流出，可是一句一转，一转一意；所以只觉得熟，不觉得滑。不过就全诗而论，范围究竟狭窄些。范成大是个达官。他是个自然诗人，清新中兼有拗峭。陆游是个爱君爱国的诗人。吴之振《宋诗钞》说他学杜而能得杜的心。他的诗有两种：一种是感激豪宕、沉郁深婉之作，一种是流连光景，清新刻露之作。他作诗也重真率，轻"藻绘"，所谓"文章本天成，妙手偶得之"②。他活到八十五岁，诗有万首；最熟于诗律，七言律尤为擅长。——宋人的七言律实在比唐人进步。

向来论诗的对于唐以前的五言古诗，大概推尊，以为是诗的正宗；唐以后的五言古诗，却说是变格，价值差些，可还是诗。诗以"吟咏情性"③，该是"温柔敦厚"的。按这个界说，

---

① 周必大跋杨诚斋诗语。
② 陆游《文章诗》。
③ 《诗大序》。

齐、梁、陈、隋的五言古诗其实也不够格，因为题材太小，声调太软，算不得"敦厚"。七言歌行及近体成立于唐代，却只能以唐代为正宗。宋诗议论多，又一味刻画，多用俗语，拗折声调。他们说这只是押韵的文，不是诗。但是推尊宋诗的却以为天下事物穷则变，变则通，诗也是如此。变是创新，是增扩，也就是进步。若不容许变，那就只有模拟，甚至只有抄袭；那种"优孟衣冠"，甚至土偶木人，又有什么意义可言！即如模拟所谓盛唐诗的，末流往往只剩了空廓的架格和浮滑的声调；要是再不变，诗道岂不真穷了？所以诗的界说应该随时扩展；"吟咏情性""温柔敦厚"诸语，也当因历代的诗辞而调整原语的意义。诗毕竟是诗，无论如何的扩展与调整，总不会与文混合为一的。诗体正变说起于宋代，唐、宋分界说起于明代。其实，历代诗各有胜场，也各有短处，只要知道新、变，便是进步，这些争论是都不成问题的。

五 《诗经》

诗的源头是歌谣。上古时候,没有文字,只有唱的歌谣,没有写的诗。一个人高兴的时候或悲哀的时候,常愿意将自己的心情诉说出来,给别人或自己听。日常的言语不够劲儿,便用歌唱;一唱三叹的叫别人回肠荡气。唱叹再不够的话,便手也舞起来了,脚也蹈起来了,反正要将劲儿使到了家。碰到节日,大家聚在一起酬神作乐,唱歌的机会更多。或一唱众和,或彼此竞胜。传说葛天氏的乐八章,三个人唱,拿着牛尾,踏着脚①,似乎就是描写这种光景的。歌谣越唱越多,虽没有书,却存在人的记忆里。有了现成的歌儿,就可借他人酒杯,浇自己块垒,随时拣一支合式的唱唱,也足可消愁解闷。若没有完全合式的,尽可删一些、改一些,到称意为止。流行的歌谣中往往不同的词句并

---

① 《吕氏春秋·古乐》篇。

行不悖,就是为此。可也有经过众人修饰,作为定本的。歌谣真可说是"一人的机锋,多人的智慧"了①。

歌谣可分为徒歌和乐歌。徒歌是随口唱,乐歌是随着乐器唱。徒歌也有节奏,手舞脚蹈便是帮助节奏的;可是乐歌的节奏更规律化些。乐器在中国似乎早就有了,《礼记》里说的土鼓土槌儿、芦管儿②,也许是我们乐器的老祖宗。到了《诗经》时代,有了琴瑟钟鼓,已是洋洋大观了。歌谣的节奏,最主要的靠重叠或叫复沓;本来歌谣以表情为主,只要翻来覆去将情表到了家就成,用不着费话。重叠可以说原是歌谣的生命,节奏也便建立在这上头。字数的均齐,韵脚的调协,似乎是后来发展出来的。有了这些,重叠才在诗歌里失去主要的地位。

有了文字以后,才有人将那些歌谣记录下来,便是最初的写的诗了。但记录的人似乎并不是因为欣赏的缘故,更不是因为研究的缘故。他们大概是些乐工,乐工的职务是奏乐和唱歌;唱歌得有词儿,一面是口头传授,一面也就有了唱本儿。歌谣便是这么写下来的。我们知道春秋时的乐工就和后世阔人家的戏班子一样,老板叫作太师。那时各国都养着一班乐工,各国使臣来往,宴会时都得奏乐唱歌。太师们不但得搜集本国乐歌,还得搜

---

① 英美吉特生《英国民歌论说》。译文据周作人《自己的园地·歌谣》章。
② "土鼓""蒉桴"见《礼运》和《明堂位》,"苇籥"见《明堂位》。

集别国乐歌。不但搜集乐词，还得搜集乐谱。那时的社会有贵族与平民两级。太师们是伺候贵族的，所搜集的歌儿自然得合贵族们的口味；平民的作品是不会入选的。他们搜得的歌谣，有些是乐歌，有些是徒歌。徒歌得合乐才好用。合乐的时候，往往得增加重叠的字句或章节，便不能保存歌词的原来样子。除了这种搜集的歌谣以外，太师们所保存的还有贵族们为了特种事情，如祭祖、宴客、房屋落成、出兵、打猎等等作的诗。这些可以说是典礼的诗。又有讽谏、颂美等等的献诗；献诗是臣下作了献给君上，准备让乐工唱给君上听的，可以说是政治的诗。太师们保存下这些唱本儿，带着乐谱；唱词儿共有三百多篇，当时通称作"诗三百"。到了战国时代，贵族渐渐衰落，平民渐渐抬头，新乐代替了古乐，职业的乐工纷纷散走。乐谱就此亡失，但是还有三百来篇唱词儿流传下来，便是后来的《诗经》了①。

"诗言志"是一句古话；"诗"（訨）这个字就是"言""志"两个字合成的。但古代所谓"言志"和现在所谓"抒情"并不一样，那"志"总是关联着政治或教化的。春秋时通行赋诗。在外交的宴会里，各国使臣往往得点一篇诗或几篇诗叫乐工唱。这很像现在的请客点戏，不同处是所点的诗句必加上政治的意味。这可以表示这国对那国或这人对那人的愿望、感谢、责难等等，都

---

① 今《诗经》共三百十一篇，其中六篇有目无诗，实存三百零五篇。

从诗篇里断章取义。断章取义是不管上下文的意义，只将一章中一两句拉出来，就当前的环境，作政治的暗示。如《左传》襄公二十七年，郑伯宴晋使赵孟于垂陇，赵孟请大家赋诗，他想看看大家的"志"。子太叔赋的是《野有蔓草》。原诗首章云："野有蔓草，零露漙兮，有美一人，清扬婉兮。邂逅相遇，适我愿兮。"子太叔只取末两句，借以表示郑国欢迎赵孟的意思；上文他就不管。全诗原是男女私情之作，他更不管了。可是这样办正是"诗言志"；在那回宴会里，赵孟就和子太叔说了"诗以言志"这句话。

到了孔子时代，赋诗的事已经不行了，孔子却采取了断章取义的办法，用诗来讨论做学问做人的道理。"如切如磋，如琢如磨"①，本来说的是治玉；他却将玉比人，用来教训学生做学问的功夫②。"巧笑倩兮，美目盼兮，素以为绚兮"③，本来说的是美人，所谓天生丽质。他却拉出末句来比方作画，说先有白底子，才会有画，是一步步进展的；作画还是比方，他说的是文化，人先是朴野的，后来才进展了文化——文化必须修养而得，并不是与生俱来的④。他如此解诗，所以说"思无邪"一句话可

---

① 《卫风·淇澳》的句子。
② 《论语·学而》。
③ "巧笑倩兮，美目盼兮。"《卫风·硕人》的句子；"素以为绚兮"一句今已佚。
④ 《论语·八佾》。

以包括"诗三百"的道理①；又说诗可以鼓舞人，联合人，增加阅历，发泄牢骚，事父事君的道理都在里面②。孔子以后，"诗三百"成为儒家的六经之一，《庄子》和《荀子》里都说到"诗言志"，那个"志"便指教化而言。

但春秋时列国的赋诗只是用诗，并非解诗；那时诗的主要作用还在乐歌，因乐歌而加以借用，不过是一种方便罢了。至于诗篇本来的意义，那时原很明白，用不着讨论。到了孔子时代，诗已经不常歌唱了，诗篇本来的意义，经过了多年的借用，也渐渐含糊了。他就按着借用的办法，根据他教授学生的需要，断章取义地来解释那些诗篇。后来解释《诗经》的儒生都跟着他的脚步走。最有权威的毛氏《诗传》和郑玄《诗笺》，差不多全是断章取义，甚至断句取义——断句取义是在一句、两句里拉出一个两个字来发挥，比起断章取义，真是变本加厉了。

毛氏有两个人：一个毛亨，汉时鲁国人，人称为大毛公；一个毛苌，赵国人，人称为小毛公。是大毛公创始《诗经》的注解，传给小毛公，在小毛公手里完成的。郑玄是东汉人，他是专给毛《传》作《笺》的，有时也采取别家的解说；不过别家的解说在原则上也还和毛氏一鼻孔出气，他们都是以史证诗。他们

---

① "思无邪"，《鲁颂·駉》的句子；"思"是语词，无义。
② 《论语·阳货》。

接受了孔子"无邪"的见解,又摘取了孟子的"知人论世"[①]的见解,以为用孔子的诗的哲学,别裁古代的史说,拿来证明那些诗篇是什么时代作的,为什么事作的,便是孟子所谓"以意逆志"[②]。其实孟子所谓"以意逆志"倒是说要看全篇大意,不可拘泥在字句上,与他们不同。他们这样猜出来的作诗人的志,自然不会与作诗人相合;但那种志倒是关联着政治教化而与"诗言志"一语相合的。这样的以史证诗的思想,最先具体的表现在《诗序》里。

《诗序》有《大序》《小序》。《大序》好像总论,托名子夏,说不定是谁作的。《小序》每篇一条,大约是大、小毛公作的。以史证诗,似乎是《小序》的专门任务;传里虽也偶然提及,却总以训诂为主,不过所选取的字义,意在助成序说,无形中有个一定方向罢了。可是《小序》也还是泛说的多,确指的少。到了郑玄,才更详密的发展了这个条理。他按着《诗经》中的国别和篇次,系统的附合史料,编成了《诗谱》,差不多给每篇诗确定了时代,《笺》中也更多地发挥了作为各篇诗的背景的历史。以史证诗,在他手里算是集大成了。

《大序》说明诗的教化作用,这种作用似乎建立在风、雅、

---

① 见《孟子·万章》。
② 见《孟子·万章》。

颂、赋、比、兴所谓"六义"上。《大序》只解释了风、雅、颂。说风是风化（感化）、风刺的意思，雅是正的意思，颂是形容盛德的意思。这都是按着教化作用解释的。照近人的研究，这三个字大概都从音乐得名。风是各地方的乐调，《国风》便是各国土乐的意思。雅就是"乌"字，似乎描写这种乐的呜呜之音。雅也就是"夏"字，古代乐章叫作"夏"的很多，也许原是地名或族名。雅又分《大雅》《小雅》，大约也是乐调不同的缘故。颂就是"容"字，容就是"样子"；这种乐连歌带舞，舞就有种种样子了。风、雅、颂之外，其实还该有个"南"。南是南音或南调，《诗经》中《周南》《召南》的诗，原是相当于现在河南、湖北一带地方的歌谣。《国风》旧有十五，分出二南，还剩十三，而其中邶、鄘两国的诗，现经考定，都是卫诗，那么只有十一《国风》①了。颂有《周颂》《鲁颂》《商颂》，《商颂》经考定实是《宋颂》。至于搜集的歌谣，大概是在二南、《国风》和《小雅》里。

赋、比、兴的意义，说法最多。大约这三个名字原都含有政治和教化的意味。赋本是唱诗给人听，但在《大序》里，也许是"直铺陈今之政教善恶"②的意思。比、兴都是《大序》所谓"主文而谲谏"；不直陈而用譬喻叫"主文"，委婉讽刺叫"谲谏"。

---

① 卫、王、郑、齐、魏、唐、秦、陈、桧、曹、豳。
② 《周礼・大师》郑玄注。

说的人无罪，听的人却可警诫自己。《诗经》里许多譬喻就在比兴的看法下，断章断句的硬派作政教的意义了。比、兴都是政教的譬喻，但在诗篇发端的叫作兴。《毛传》只在有兴的地方标出，不标赋、比；想来赋义是易见的，比、兴虽都是曲折成义，但兴在发端，往往关系全诗，比较更重要些，所以便特别标出了。《毛传》标出的兴诗，共一百十六篇，《国风》中最多，《小雅》第二；按现在说，这两部分搜集的歌谣多，所以譬喻的句子也便多了。

参考资料：顾颉刚《诗经在春秋战国间的地位》（《古史辨》第三册下）。顾颉刚《论诗经所录全为乐歌》（同上）。朱自清《言志说》（《语言与文学》）。朱自清《赋比兴说》（《清华学报》十二卷三期）。

六 古诗十九首释

诗是精粹的语言。因为是"精粹的",便比散文需要更多的思索,更多的吟味;许多人觉得诗难懂,便是为此。但诗究竟是"语言",并没有真的神秘;语言,包括说的和写的,是可以分析的;诗也是可以分析的。只有分析,才可以得到透彻的了解;散文如此,诗也如此。有时分析起来还是不懂,那是分析得还不够细密,或者是知识不够,材料不足;并不是分析这个方法不成。这些情形,不论文言文、白话文、文言诗、白话诗,都是一样。不过在一般不大熟悉文言的青年人,文言文,特别是文言诗,也许更难懂些罢了。

我们设"诗文选读"这一栏,便是要分析古典和现代文学的重要作品,帮助青年诸君的了解,引起他们的兴趣,更注意的是要养成他们分析的态度。只有能分析的人,才能切实欣赏;欣赏是在透彻的了解里。一般的意见将欣赏和了解分成两橛,实在

古诗十九首釋（二） 朱自清

詩是精粹的語言。因為是「精粹的」，便比散文需要更多的思索，更多的吟味；許多人覺得詩難懂，便是為此。但詩究竟是「語言」，並沒有真的神祕；語言，包括說的和寫的，是可以分析的，詩也是可以分析的。只有分析，才可以得到透徹的了解；散文如此，詩也如此。有時分析起來還是不懂，那是分析得不夠細密，或者是知識不夠，材料不足；並不是分析這個能切實欣賞;欣賞是在透徹的了解裏。一般的竟見將欣賞和了解分成兩橛,實在是不妥的。沒有透徹的了解,就欣賞起來,那欣賞也許會驢脣不對馬嘴,至多也只是模糊影響。一般人以為詩只能綜合的欣賞,一分析詩就沒有了。其實(寫成)詩是錯綜的,最多義的,非得細密的分析工夫,不能捉住它的意旨。若是囫圇吞棗的讀去,所得着的怕只是聲音調詞藻等一枝一節,整是不妥的。没有透彻的了解，就欣赏起来，那欣赏也许会驴唇不对马嘴，至多也只是模糊影响。一般人以为诗只能综合的欣赏，一分析诗就没有了。其实诗是最错综的，最多义的，非得细密的分析工夫，不能捉住它的意旨。若是囫囵吞枣地读去，所得着的怕只是声调词藻等一枝一节，整个儿的诗会从你的口头眼下滑过去。

本文选了《古诗十九首》作对象，有两个缘由。一来十九首可以说是我们最古的五言诗，是我们诗的古典之一。所谓"温柔敦厚""怨而不怒"的作风，三百篇之外，十九首是最重要的代表。直到六朝，五言诗都以这一类古诗为标准；而从六朝以来的诗论，还都以这一类诗为正宗。十九首影响之大，从此可知。

二来十九首既是诗的古典，说解的人也就很多。古诗原来很不少，梁代昭明太子（萧统）的《文选》里却只选了十九首。《文选》成了古典，十九首也就成了古典；十九首以外，古诗流传到后世的，也就有限了。唐代李善和"五臣"给《文选》作注，当然也注了十九首。嗣后历代都有说解十九首的，但除了《文选》注家和元代刘履的《选诗补注》，整套作解的似乎没有。清代笺注之学很盛，独立说解十九首的很多。近人隋树森先生编有《古诗十九首集解》一书（中华版），搜罗历来十九首的整套的解释，大致完备，很可参看。

这些说解，算李善的最为谨慎、切实；虽然他释"事"的地方多,释"义"的地方少。"事"是诗中引用的古事和成辞,普通称为"典故"。"义"是作诗的意思或意旨,就是我们日常说话里的"用意",有些人反对典故,认为诗贵自然,辛辛苦苦注出诗里的典故,只表明诗句是有"来历"的,作者是渊博的,并不能增加诗的价值。另有些人也反对典故,却认为太麻烦,太琐碎,反足为欣赏之累。

可是,诗是精粹的语言,暗示是它的生命。暗示得从比喻和组织上作工夫,利用读者联想的力量。组织得简约紧凑;似乎断了,实在连着。比喻或用古事成辞,或用眼前景物;典故其实是比喻的一类。这首诗那首诗可以不用典故,但是整个儿的诗是离不开典故的。旧诗如此,新诗也如此;不过新诗爱用外国典故罢了。要透彻的了解诗,在许多时候,非先弄明白诗里的典故不可。陶渊明的诗,总该算"自然"了,但他用的典故并不少。从前人只囫囵读过,直到近人古直先生的《靖节诗笺定本》,才细细的注明。我们因此增加了对于陶诗的了解;虽然我们对于古先生所解释的许多篇陶诗的意旨并不敢苟同。李善注十九首的好处,在他所引的"事"都跟原诗的文义和背景切合,帮助我们的了解很大。

别家说解,大都重在意旨。有些是根据原诗的文义和背景,却忽略了典故,因此不免望文生义,模糊影响。有些并不根据全篇的文义、典故、背景,却只断章取义,让"比兴"的信念

4.

另一段

辛辛苦苦註出詩裏的典故,只表明詩句是有「來歷」的,作者是淵博的,並不增加詩的價值。另有些人也反對典故,卻認為太麻煩,太瑣碎,反足為欣賞之累。可是,詩是精粹的語言,暗示是它的生命。暗示得從比喻和組織上利用讀者聯想的力量。組織得簡約緊湊,似乎斷了,實在連着。比喻或用古事或辭,或用眼前景物,與故其實是比喻的一類。這首詩那首支配一切。所谓"比兴"的信念，是认为作诗必关教化；凡男女私情、相思离别的作品，必有寄托的意旨——不是"臣不得于君"，便是"士不遇知己"。这些人似乎觉得相思、离别等等私情不值得作诗；作诗和读诗，必须能见其大。但是原作里却往往不见其大处。于是他们便抓住一句两句，甚至一词两词，曲解起来，发挥开去，好凑合那个传统的信念。这不但不切合原作，并且常常不能自圆其说；只算是无中生有，驴唇不对马嘴罢了。

据近人的考证，十九首大概作于东汉末年，是建安（献帝）诗的前驱。李善就说过，诗里的地名像宛、洛、上东门，都可以见出有一部分是东汉人作的；但他还相信其中有西汉诗。历来认为十九首里有西汉诗，只有一个重要的证据，便是第七首里"玉衡指孟冬"一句话。李善说，这是汉初的历法。后来人都信他的话，同时也就信十九首中一部分是西汉诗。不过李善这条注并不确切可靠，俞平伯先生有过详细讨论，载在《清华学报》里。我们现在相信这句诗还是用的夏历。此外，梁启超先生的意见，十九首作风如此相同，不会分开在相隔几百年的两个时代（《美文及其历史》）。徐中舒先生也说，东汉中叶，文人的五言诗还是很幼稚的；西汉若已有十九首那样成熟的作品，怎么会有这种现象呢！（《古诗十九首考》，中大语言历史研究所《周刊》六十五期）

十九首没有作者；但并不是民间的作品，而是文人仿乐府作的诗。乐府原是入乐的歌谣，盛行于西汉。到东汉时，文人

怎麼會有這種現象呢？古詩十九首考，中大語言歷史研究所週刊六十五期）

十九首沒有作者，但並不是民間的作品，而是文人仿樂府作的詩。樂府原是入樂的歌謠，盛行於西漢。到東漢時，文人仿作樂府辭的極多；現存的樂府古辭，也大都是東漢的。倣仿作樂府，最初是依原調，用原題；後來便有只用原題的。再後便有不依原調，不用原題，只仿作乐府诗的极多；现存的乐府古辞，也大都是东汉的。仿作乐府，最初大约是依原调，用原题；后来便有只用原题的。再后便有不依原调，不用原题，只取乐府原意作五言诗的了。这种作品，文人化的程度虽然已经很高，题材可还是民间的，如人生不常，及时行乐，离别，相思，客愁，等等。这时代作诗人的个性还见不出，而每首诗的作者，也并不限于一个人；所以没有主名可指。十九首就是这类诗；诗中常用典故，正是文人的色彩。但典故并不妨害十九首的"自然"，因为这类诗究竟是民间味，而且只是浑括的抒叙，还没到精细描写的地步，所以就觉得"自然"了。

本文先抄原诗。诗句下附列数字，李善注便依次抄在诗后；偶有不是李善的注，都在下面记明出处，或加一"补"字。注后是说明，这儿兼采各家，去取以切合原诗与否为准。

（一）

> 行行重行行，与君生别离①。
> 相去万余里，各在天一涯②。
> 道路阻且长，会面安可知③。
> 胡马依北风，越鸟巢南枝④。

相去日已远,衣带日已缓⑤。
浮云蔽白日,游子不顾反⑥。
思君令人老⑦,岁月忽已晚。
弃捐勿复道,努力加餐饭⑧。

① 《楚辞》曰:"悲莫悲兮生别离。"

② 《广雅》曰:"涯,方也。"

③ 《毛诗》曰:"溯洄从之,道阻且长。"薛综《西京赋》注曰:"安,焉也。"

④ 《韩诗外传》曰:"诗云:'代马依北风,飞鸟栖故巢',皆不忘本之谓也。"《盐铁论·未通》篇:"故代马依北风,飞鸟翔故巢,莫不哀其生。"(徐中舒《古诗十九首考》)《吴越春秋》:"胡马依北风而立,越燕望海日而熙,同类相亲之意也。"(同上)

⑤ 《古乐府歌》曰:"离家日趋远,衣带日趋缓。"

⑥ 浮云之蔽白日,以喻邪佞之毁忠良,故游子之行,不顾反也。《文子》曰:"日月欲明,浮云盖之。"贾陆《新语》曰:"邪臣之蔽贤,犹浮云之鄣日月。"《古杨柳行》曰:"谗邪害公正,浮云蔽白日。"义与此同也。郑玄《毛诗笺》曰:"顾,念也。"

⑦ 《小雅》:"维忧用老。"(孙𬭊评《文选》语)

⑧ 《史记·外戚世家》:"平阳主拊其(卫子夫)曰:'行矣,强饭,勉之!'"蔡邕(?)《饮马长城窟行》:"长跪读素书,书中竟何如?

上有'加餐食',下有'长相忆'。"(补)

诗中引用《诗经》《楚辞》,可见作者是文人。"生别离"和"阻且长"是用成辞;前者暗示"悲莫悲兮"的意思,后者暗示"从之"不得的意思。借着引用的成辞的上下文,补充未申明的含意;读者若能知道所引用的全句以至全篇,便可从联想领会得这种含意。这样,诗句就增厚了力量。这所谓词短意长;以技巧而论,是很经济的。典故的效用便在此。"思君令人老"脱胎于"维忧用老",而稍加变化;知道《诗经》的句子的读者,就知道本诗这一句是暗示着相思的烦忧了。"冉冉孤生竹"一首里,也有这一语;歌谣的句子原可套用,十九首还不脱歌谣的风格,无怪其然。"相去"两句也是套用古乐府歌的句子,只换了几个词。"日已"就是"去者日以疏"一首里的"日以",和"日趋"都是"一天比一天"的意思;"离家"变为"相去",是因为诗中主人身份不同,下文再论。

"代马""飞鸟"两句,大概是汉代流行的歌谣;《韩诗外传》和《盐铁论》都引到这两个比喻,可见。到了《吴越春秋》,才改为散文,下句的题材并略略变化。这种题材的变化,一面是环境的影响,一面是文体的影响。越地滨海,所以变了下句;但越地不以马著,所以不变上句。东汉文体,受辞赋的影响,不但趋向骈偶,并且趋向工切。"海日"对"北风",自然比"故巢"工切得多。本诗引用这一套比喻，因为韵的关系，又变用"南枝"对"北风"，却更见工切了。至于"代马"变为"胡马"，也许只是作诗人的趣味；歌谣原是常常修改的。但"胡马"两句的意旨，却还不外乎"不忘本""哀其生""同类相亲"三项。这些得等弄清诗中主人的身份再来说明。

"浮云蔽白日"也是个套句。照李善注所引证，说是"以喻邪佞之毁忠良"，大致是不错的。有些人因此以为本诗是逐臣之辞；诗中主人是在远的逐臣，"游子"便是逐臣自指。这样，全诗就都是思念君王的话了。全诗原是男女相思的口气；但他们可以相信，男女是比君臣的。男女比君臣，从屈原的《离骚》创始，后人这个信念，显然是以《离骚》为依据。不过屈原大概是神仙家。他以"求女"比思君，恐怕有他信仰的因缘；他所求的是神女，不是凡人。五言古诗从乐府演化而出；乐府里可并没有这种思想。乐府里的羁旅之作，大概只说思乡；十九首中《去者日以疏》《明月何皎皎》两首，可以说是典型。这些都是实际的。《涉江采芙蓉》一首，虽受了《楚辞》的影响，但也还是实际的思念"同心"人，和《离骚》不一样。在乐府里，像本诗这种缠绵的口气，大概是居者思念行者之作。本诗主人大概是个"思妇"，如张玉谷《古诗赏析》所说；"游子"与次首"荡子行不归"的荡子同意。所谓诗中主人，可并不一定是作诗人；作诗人是尽可以虚拟各种人的口气，代他们立言的。

話了。全詩原是男女相思的口氣；但他們〔可以相信，〕男女比君臣的，男女比君臣，〔信〕從屈原的離騷創始，後人這個〔觀〕念顯然〔是〕〔無〕離騷〔的〕。〔尚依據〕不過屈原〔的〕大概是神仙家。他以「求女」比思君，恐怕有他信仰的〔因緣〕；他所求的〔神〕是神女，不是凡人。五言古詩從樂府演化而出；樂府裏可並沒有這種思想。樂府〔的〕〔裏〕〔的〕羈旅之作，大概只說思鄉；十九首中「去者日以疏」〔些〕西〔都〕「明月何皎皎」兩首，可以說是典型。這都朱筠說：「本是遊子薄倖(不露遊心者)不肯直言，却託諸浮雲蔽日。言我君子而子不思歸，定有讒人間之；不然，胡不返耶？」（古詩十九首說）張玉穀也說：「浮雲蔽日，喻有所惑，遊不顧返，點出負心；略露怨意。」兩家說法似乎都以白日比遊子，浮雲比讒人；讒人惑遊子是「浮雲蔽白日」。就「浮雲」兩句而諭，就全詩而論，這解釋也可通。但是一個比喻往往有許多意旨，(可能的)特別是在詩裏。我們解釋此喻，不但是"浮云蔽白日"这个比喻，究竟该怎样解释呢？朱筠说："'不顾返'者，本是游子薄幸；不肯直言，却托诸浮云蔽日。言我思子而子不思归，定有谗人间之；不然，胡不返耶？"（《古诗十九首说》）张玉谷也说："浮云蔽日，喻有所惑，游不顾返，点出负心，略露怨意。"两家说法，似乎都以白日比游子，浮云比谗人；谗人惑游子是"浮云蔽白日"。就"浮云"两句而论，就全诗而论，这解释也可通。但是一个比喻往往有许多可能的意旨，特别是在诗里。我们解释比喻，不但要顾到当句当篇的文义和背景，还要顾到那比喻本身的背景，才能得着它的确切的意旨。见仁见智的说法，到底是不足为训的。"浮云蔽白日"这个比喻，李善注引了三证，都只是"谗邪害公正"一个意思。本诗与所引三证时代相去不远，该还用这个意思。不过也有两种可能：一是那游子也许在乡里被"谗邪"所"害"，远走高飞，不想回家。二也许是乡里中"谗邪害公正"，是非黑白不分明，所以游子不想回家。前者是专指，后者是泛指。我不说那游子是"忠良"或"贤臣"；因为乐府里这类诗的主人，大概都是乡里的凡民，没有朝廷的达官的缘故。

明白了本诗主人的身份，便可以回头吟味"胡马""越鸟"那一套比喻的意旨了。"不忘本"是希望游子不忘故乡。"哀其生"是哀念他的天涯漂泊。"同类相亲"是希望他亲爱家乡的亲戚故旧乃至思妇自己。在游子虽不想回乡，在思妇却还望他回乡。

引用这一套彼此熟习的比喻,是说物尚有时,何况于人?是劝慰,也是愿望。用比喻替代抒叙,作诗人要的是暗示的力量;这里似是断处,实是连处。明白了诗中主人是思妇,也就明白诗中套用古乐府歌"离家"那两句时,为什么要将"离家"变为"相去"了。

"衣带日已缓"是衣带日渐宽松;朱筠说,"与'思君令人瘦'一般用意。"这是就果显因,也是暗示的手法;带缓是果,人瘦是因。"岁月忽已晚"和"东城高且长"一首里"岁暮一何速"同意,指的是秋冬之际岁月无多的时候。"弃捐勿复道,努力加餐饭"两语,解者多误以为全说的诗中主人自己。但如注八所引,"强饭""加餐"明明是汉代通行的慰勉别人的话语,不当反用来说自己。张玉谷解这两句道,"不恨己之弃捐,惟愿彼之强饭",最是分明。我们的语言,句子没有主词是常态,有时候很容易弄错;诗里更其如此。"弃捐"就是"见弃捐",也就是"被弃捐";施受的语气同一句式,也是我们语言的特别处。这"弃捐"在游子也许是无可奈何,非出本愿,在思妇却总是"弃捐",并无分别。所以她含恨说:"反正我是被弃了,不必再提罢;你只保重自己好了!"

本诗有些复沓的句子。如既说"相去万余里",又说"道路阻且长",又说"相去日已远",反复说一个意思;但颇有增变。"衣带日已缓"和"思君令人老"也同一例。这种回环复沓,是歌谣的生命；许多歌谣没有韵，专靠这种组织来建筑它们的体格，表现那强度的情感。只看现在流行的许多歌谣，或短或长，都从回环复沓里见出紧凑和单纯，便可知道。不但歌谣，民间故事的基本形式，也是如此。诗从歌谣演化，回环复沓的组织也是它的基本；三百篇和屈原的"辞"，都可看出这种痕迹。《十九首》出于本是歌谣的乐府，复沓是自然的；不过技巧进步，增变来得多一些。到了后世，诗渐渐受了散文的影响，情形却就不一定这样了。

（二）

> 青青河畔草，郁郁园中柳。
> 盈盈楼上女，皎皎当窗牖。
> 娥娥红粉妆，纤纤出素手。
> 昔为倡家女，今为荡子妇。
> 荡子行不归，空床难独守。

这显然是思妇的诗；主人公便是那"荡子妇"。"青青河畔草，郁郁园中柳"是春光盛的时节，是那荡子妇楼上所见。荡子妇楼上开窗远望，望的是远人，是那"行不归"的"荡子"。她

古诗十九首释（原载第六期） 朱自清

其二

青青河畔草，鬱鬱園中柳。盈盈樓上女，皎皎當窗牖。娥娥紅粉粧，纖纖出素手。昔為倡家女，今為蕩子婦。蕩子行不歸，空牀難獨守。

這顯然是思婦的詩。主人公便是那「蕩子婦」。「青青河畔草，鬱鬱園中柳」是春□光盛的時節，是那「蕩子婦」樓上所見。蕩子婦樓上開牖遠望，望的是遠人，是那「行不歸」的「蕩子」。她卻只見遠處一片草，近處一片柳。那草沿著河畔一直青青下去，似乎沒有盡頭。

許會一直青青到蕩子的所在罷。

傳爲蔡邕所作的那首「飲馬長城窟行」開端道，「青青河畔草，綿綿思遠道」，正是這個意思。那茂盛的柳樹也惹人想念遠行不歸的蕩子。「三輔黃圖」說，「灞橋在長安東，……漢人送客至此橋，折柳贈別」。「柳」諧「留」音，折柳是留客的意思。漢人既有折柳贈別的風俗，這蕩子婦見了又榮榮樾樾起來的「園中柳」，想到分別時依依留却只见远处一片草,近处一片柳。那草沿着河畔一直青青下去,似乎没有尽头——也许会一直青青到荡子的所在罢。传为蔡邕作的那首《饮马长城窟行》开端道:"青青河边草,绵绵思远道",正是这个意思。那茂盛的柳树也惹人想念远行不归的荡子。《三辅黄图》说:"灞桥在长安东……汉人送客至此桥,折柳赠别。""柳"谐"留"音,折柳是留客的意思。汉人既有折柳赠别的风俗,这荡子妇见了"郁郁"起来的"园中柳",想到当年分别时依依留恋的情景,也是自然而然的。再说,河畔的草青了,园中的柳茂盛了,正是行乐的时节,更是少年夫妇行乐的时节。可是"荡子行不归",辜负了青春年少;及时而不能行乐,那是什么日子呢!况且草青、柳茂盛,也许不止一回了,年年这般等闲地度过春光,那又是什么日子呢!

"盈盈楼上女,皎皎当窗牖,娥娥红粉妆,纤纤出素手。"描画那荡子妇的容态姿首。这是一个艳妆的少妇。"盈"通"嬴"。《广雅》:"嬴,容也。"就是多仪态的意思。"皎",《说文》:"月之白也。"说妇人肤色白皙。吴淇《选诗定论》说这是"以窗之光明,女之丰采并而为一",是不错的。这两句不但写人,还夹带叙事;上句登楼,下句开窗,都是为了远望。"娥",《方言》:"秦晋之间,美貌谓之娥。""妆"又作"妆""装",饰也,指涂粉画眉而言。"纤纤女手,可以缝裳",是《韩诗·葛屦》篇的句子(《毛诗》作"掺掺女手")。《说文》:"纤,细也。""掺,好手貌。""好手貌"

就是"细",而"细"说的是手指。《诗经》里原是叹息女人的劳苦,这里"纤纤出素手"却只见凭窗的姿态——"素"也是白皙的意思。这两句专写窗前少妇的脸和手,脸和手是一个人最显著的部分。

"昔为倡家女,今为荡子妇",叙出主人公的身份和身世。《说文》:"倡,乐也。"就是歌舞伎。"荡子"就是"游子",跟后世所谓"荡子"略有不同。《列子》里说:"有人去乡土游于四方而不归者,世谓之为狂荡之人也。"可以为证。这两句诗有两层意思。一是昔既作了倡家女,今又作了荡子妇,真是命不犹人。二是作倡家女热闹惯了,作荡子妇却只有冷清清的,今昔相形,更不禁身世之感。况且又是少年美貌,又是春光盛时。荡子只是游行不归,独守空床自然是"难"的。

有人以为诗中少妇"当窗""出手",未免妖冶,未免卖弄,不是贞妇的行径。《诗经·伯兮》篇道:"自伯之东,首如飞蓬;岂无膏沐,谁适为容。"贞妇所行如此。还有说"空床难独守",也不免于野。不免于淫。总而言之,不免放滥无耻,不免失性情之正,有乖于温柔敦厚、怨而不怒的诗教。话虽如此,这些人却没胆量贬驳这首诗;他们只能曲解这首诗是比喻。这首诗实在看不出是比喻。十九首原没有脱离乐府的体裁。乐府多歌咏民间风俗,本诗便是一例。世间是有"昔为倡家女,今为荡子妇"的女人,她有她的身份,有她的想头,有她的行径。这些跟《伯兮》里的女人满不一样，但别恨离愁却一样。只要真能表达出来这种女人的别恨离愁，恰到好处，歌咏是值得的。本诗和《伯兮》篇的女主人公其实都说不到贞淫上去，两诗的作意只是怨。不过《伯兮》篇的怨浑含些，本诗的怨刻露些罢了。艳妆登楼是少年爱好，"空床难独守"是不甘岑寂，其实也都是人之常情；不过说"空床"也许显得亲热些。"昔为倡家女"的荡子妇，自然没有《伯兮》篇里那贵族的女子节制那样多。妖冶，野，是有点儿；卖弄，淫，放滥无耻，便未免是捕风捉影的苛论。王昌龄有一首《春闺》诗道："闺中少妇不知愁，春日凝妆上翠楼。忽见陌头杨柳色，悔教夫婿觅封侯。"正是从本诗变化而出。诗中少妇也是个荡子妇，不过没有说是倡家女罢了。这少妇也是"春日凝妆上翠楼"，历来论诗的人却没有贬驳她的。潘岳《悼亡》诗第二首有句道："展转眄枕席，长簟竟床空。床空委清尘，室虚来悲风。"这里说"枕席"，说"床空"，却赢得千秋的称赞。可见艳妆登楼跟"空床难独守"并不算卖弄，淫，放滥无耻。那样说的人只是凭了"昔为倡家女"一层，将后来关于"娼妓"的种种联想附会上去，想着那荡子妇必有种种坏念头坏打算在心里。那荡子妇会不会有那些坏想头，我们不得而知，但就诗论诗，却只说到"难独守"就戛然而止，还只是怨，怨而不至于怒。这并不违背温柔敦厚的诗教。至于将不相干的成见读进诗里去，那是最足以妨碍了解的。

陆机《拟古》诗差不多亦步亦趋，他拟这一首道："靡靡江离草，熠耀生河侧。皎皎彼姝女，阿那当轩织。粲粲妖容姿，灼灼美颜色。良人游不归，偏栖独只翼。空房来悲风，中夜起叹息。"又，曹植《七哀诗》道："明月照高楼，流光正徘徊。上有愁思妇，悲叹有余哀。借问叹者谁？言是客子妻。君行逾十年，贱妾常独栖。"这正是化用本篇语意。"客子"就是"荡子"，"独栖"就是"独守"。曹植所了解的本诗的主人公，也只是"高楼"上一个"愁思妇"而已。"倡家女"变为"彼姝女"，"当窗牖"变为"当轩织"，"粲粲妖容姿，灼灼美颜色"还保存原作的意思。"良人游不归"就是"荡子行不归"，末三语是别恨离愁。这首拟作除"偏栖独只翼"一句稍稍刻露外，大体上比原诗浑含些，概括些；但是原诗作意只是写别恨离愁而止，从此却分明可以看出。陆机去《十九首》的时代不远，他对于原诗的了解该是不至于有什么歪曲的。

评论这首诗的都称赞前六句连用叠字。顾炎武《日知录》说："诗用叠字最难。《卫风·硕人》'河水洋洋，北流活活。施罛濊濊，鳣鲔发发，葭菼揭揭。庶姜孽孽。'连用六叠字，可谓复而不厌，赜而不乱矣。《古诗》'青青河畔草，——纤纤出素手'，连用六叠字，亦极自然。下此即无人可继。"连用叠字容易显得单调，单调就重复可厌了。而连用的叠字也不容易处处确切，往往显得没有必要似的，这就乱了。因此说是最难。但是《硕人》

篇跟本诗六句连用叠字，却有变化。——《古诗源》说本诗六叠字从"河水洋洋"章化出，也许是的。就本诗而论，青青是颜色兼生态，郁郁是生态。

这两组形容的叠字，跟下文的"盈盈"和"娥娥"，都带有动词性。例如开端两句，译作白话的调子，就得说，河畔的草青青了，园中的柳郁郁了，才合原诗的意思。"盈盈"是仪态，"皎皎"是人的丰采兼窗的光明，"娥娥"是粉黛的妆饰，"纤纤"是手指的形状。各组叠字，词性不一样，形容的对象不一样，对象的复杂度也不一样，就都显得确切不移；这就重复而不可厌，繁赜而不觉乱了。《硕人》篇连用叠字，也异曲同工。但这只是因难见巧，还不是连用叠字的真正理由。诗中连用叠字，只是求整齐，跟对偶有相似的作用。整齐也是一种回环复沓，可以增进情感的强度。本诗大体上是顺序直述下去，跟上一首不同，所以连用叠字来调剂那散文的结构。但是叠字究竟简单些；用两个不同的字，在声音和意义上往往要丰富些。而数字连用叠字见出整齐，也只在短的诗句像四言五言里如此；七言太长，字多，这种作用便不显了。就是四言五言，这样许多句连用叠字，也是可一而不可再。这一种手法的变化是有限度的；有人达到了限度，再用便没有意义了。只看古典的四言五言诗中只各见了一例，就是明证。所谓"下此即无人可继"，并非后人才力不及古人，只是叠字本身的发展有限，用不着再去"继"罢了。

本诗除连用叠字外，还用对偶，第一、二句第七、八句都是的。第七、八句《初学记》引作"自云倡家女，嫁为荡子妇"。单文孤证，不足凭信。这里变偶句为散句，便减少了那回环复沓的情味。"自云"直贯后四句，全诗好像曲折些。但是这个"自云"凭空而来，跟上文全不衔接。再说"空床难独守"一语，作诗人代言已不免于野，若变成"自云"，那就太野了些。《初学记》的引文没有被采用，这些恐怕也都有关系的。

（三）

> 青青陵上柏，磊磊涧中石。
> 人生天地间，忽如远行客。
> 斗酒相娱乐，聊厚不为薄。
> 驱车策驽马，游戏宛与洛。
> 洛中何郁郁，冠带自相索。
> 长衢罗夹巷，王侯多第宅。
> 两宫遥相望，双阙百余尺。
> 极宴娱心意，戚戚何所迫。

本诗用三个比喻开端，寄托人生不常的慨叹。陵上柏青

○○本詩用三個比喻開端，寄託人生不常的慨嘆。陵上柏青青，磵（通澗）中石磊磊，都是長存的。青青是常青青。莊子：「仲尼曰，『受又命於地，唯松柏獨也，在冬夏常青青。』」「磊磊也是常石石石。」——磊磊，衆石也。人生卻是奄忽的、短促的，「人生天地間」，只如「遠行客」一般。尸子：「老萊子曰，『人生於天地之間，寄也。寄者固歸』。」李善說，「寄者固歸」。儒列子，「死人為歸人」。李善說，「則生人為行人矣」。韓詩外傳，「二親之壽，忽如過客」。「遠行客」那比喻便是從（大約）南方傳「寄」「歸」「過客」這些觀念變化出來的。「遠行客」是離家遠行的客，到了那裏，暫住便去，不久即歸的。「遠行客」比一般「過客」更不能久住；這便加強了這個比喻的力量，（見出）是詩人的創造工夫。詩中將陵上柏和澗中石跟遠行客般的人生對照，見得人生是不（能）像柏和石那樣長存的。

青，磵(通涧)中石磊磊，都是长存的。青青是常青青。《庄子》："仲尼曰：'受命于地，唯松柏独也，在冬夏常青青。'"磊磊也是常磊磊。——磊磊，众石也。人生却是奄忽的，短促的；"人生天地间"，只如"远行客"一般。《尸子》："老莱子曰：'人生于天地之间，寄也。'"李善说："寄者固归。"伪《列子》："死人为归人。"李善说："则生人为行人矣。"《韩诗外传》："二亲之寿，忽如过客。""远行客"那比喻大约便是从"寄""归""过客"这些观念变化而来的。"远行客"是离家远行的客，到了那里，是暂住便去，不久即归的。"远行客"比一般"过客"更不能久住；这便加强了这个比喻的力量，见出诗人的创造功夫。诗中将"陵上柏"和"磵中石"跟"远行客"般的人生对照，见得人生是不能像柏和石那样长存的。"远行客"是积极的比喻，柏和石是消极的比喻。"陵上柏"和"磵中石"是邻近的，是连类而及；取它们作比喻，也许是即景生情，也许是所谓"近取譬"——用常识的材料作比喻。至于李善注引的《庄子》里那几句话，作诗人可能想到运用，但并不必然。

　　本诗主旨可借用"人生行乐耳"一语表明。"斗酒"和"极宴"是"娱乐"，"游戏宛与洛"也是"娱乐"；人生既"忽如远行客"，"戚戚"又"何所迫"呢？《汉书·东方朔传》："销忧者莫若酒。"只要有酒，有酒友，落得乐以忘忧。极宴固可以"娱心意"，斗酒也可以"相娱乐"。极宴自然有酒友，"相"娱乐还是少不了酒友。斗是舀酒的器具，斗酒为量不多，也就是"薄"，是不"厚"。极宴的厚固然好，斗酒的薄也自有趣味——只消且当作厚不以为薄就行了。本诗人生不常一意，显然是道家思想的影响。"聊厚不为薄"一语似乎也在摹仿道家的反语如"大直若屈""大巧若拙"之类，意在说厚薄的分别是无所谓的。但是好像弄巧成拙了，这实在是一个弱句；五个字只说一层意思，还不能透彻的或痛快的说出。这句式前无古人，后无来者，只是一个要不得罢了。若在东晋玄言诗人手里，这意思便不至于写出这样累句。也是时代使然。

游戏原指儿童。《史记·周本纪》说后稷"为儿时"，"其游戏好种树麻菽"，该是游戏的本义。本诗"游戏宛与洛"却是出以童心，一无所为的意思。洛阳是东汉的京都。宛县是南阳郡治所在，在洛阳之南；南阳是光武帝发祥的地方，又是交通要道，当时有"南都"之称，张衡特为作赋，自然也是繁盛的城市。《后汉书·梁冀传》里说："宛为大都，士之渊薮。"可以为证。聚在这种地方的人多半为利禄而来，诗中主人公却不如此，所以说是"游戏"。既然是游戏，车马也就无所用其讲究，"驱车策驽马"也就不在乎了。驽马是迟钝的马，反正是游戏，慢点儿没有什么的。说是"游戏宛与洛"，却只将洛阳的繁华热热闹闹地描写了一番，并没有提起宛县一个字。大概是因为京都繁华第一，说了洛就可以见宛，不必再赘了吧？歌谣里本也有一种接字格，"月光光"是最熟的例子。汉乐府里已经有了《饮马长城窟行》可见。现在的歌谣却只管接字，不管意义；全首满是片段，意义毫不衔接——全首简直无意义可言。推想古代歌谣也有这样的，不过没有存留罢了。本诗"游戏宛与洛"下接"洛中何郁郁"，便只就洛中发挥下去，更不照应上句，许就是古代这样的接字歌谣的遗迹，也未可知。

诗中写东都，专从繁华着眼。开手用了"洛中何郁郁"一句赞叹，"何郁郁"就是"多繁盛呵"！"多热闹呵"！游戏就是来看热闹的，也可以说是来凑热闹的，这是诗中主人公的趣味。以下分三项来说，冠带往来是一；衢巷纵横，第宅众多是二；宫阙壮伟是三。"冠带自相索"，冠带的人是贵人，贾逵《国语》注："索，求也。""自相索"是自相往来不绝的意思。"自相"是说贵人只找贵人，不把别人放在眼下，同时也有些别人不把他们放在眼下，尽他们来往他们的——他们的来往无非趋势利、逐酒食而已。这就带些刺讥了。"长衢罗夹巷，王侯多第宅"，罗就是列，《魏王奏事》说："出不由里门，面大道者。名曰第。"第只在长衢上。"两宫遥相望，双阙百余尺"，蔡质《汉宫典职》说，"南宫北宫相去七里"。双阙是每一宫门前的两座望楼。这后两项固然见得京都的伟大，可是更见得京都的贵盛。将第一项合起来看，本诗写东都的繁华，又是专从贵盛着眼。这是诗，不是赋，不能面面俱到，只能选择最显著最重要的一面下手。至于"极宴娱心意"，便是上文所谓凑热闹了。"戚戚何所迫"，《论语》："小人长戚戚"，戚戚，常忧惧也。一般人常怀忧惧，有什么迫不得已呢？——无非为利禄罢了。短促的人生，不去饮酒，游戏，却为无谓的利禄自苦，未免太不值得了。这一句不单就"极宴"说，是总结全篇的。

本诗只开头两句对偶，"斗酒"两句跟"极宴"两句复沓；大体上是散行的。而且好像说到哪里是哪里，不嫌其尽的样子，从"斗酒相娱乐"以下都如此——写洛中光景虽自有剪裁，却也有如方东树《昭昧詹言》说的："极其笔力，写到至足处。"这种诗有点散文化，不能算是含蓄蕴藉之作，可是不失为严羽《沧浪诗话》所谓"沉着痛快"的诗。历来论诗的都只赞叹《十九首》的"优柔善入，婉而多讽"，其实并不尽然。

（四）

今日良宴会，欢乐难具陈。
弹筝奋逸响，新声妙入神。
令德唱高言，识曲听其真。
齐心同所愿，含意具未申。
人生寄一世，奄忽若飙尘。

>何不策高足，先据要路津。
>无为守穷贱，轗轲长苦辛。

这首诗所咏的是听曲感心；主要的是那种感，不是曲，也不是宴会。但是全诗从宴会叙起，一路迤逦说下去，顺着事实的自然秩序，并不特加选择和安排。前八语固然如此；以下一番感慨，一番议论，一番"高言"，也是痛快淋漓，简直不怕说尽。这确是近乎散文。十九首还是乐府的体裁，乐府原只像现在民间的小曲似的，有时随口编唱，近乎散文的地方是常有的。十九首虽然大概出于文人之手，但因模仿乐府，散文的成分不少；不过都还不失为诗。本诗也并非例外。

开端四语只是直陈宴乐。这一日是"良宴会"，乐事难以备说，就中只提乐歌一件便可见。"新声"是歌，"弹筝"是乐，是伴奏。新声是胡乐的调子，当时人很爱听。这儿的新声也许就是"西北有高楼"里的"清商"，"东城一何高"里的"清曲"。陆侃如先生的《中国诗史》据这两条引证以及别的，说清商曲在汉末很流行，大概是不错的。弹唱的人大概是些"倡家女"，从"西北有高楼""东城一何高"二诗可以推知。这里只提乐歌一事，一面固然因为声音最易感人——"入神"便是"感人"的注脚，刘向《雅琴赋》道："穷音之至入于神"，可以参看——一面还是因为"识曲听真"，才引起一番感慨，才引起这首诗。这四语

古詩十九首釋（續）

朱自清

其四

二柳

今日良宴會，歡樂難具陳。彈箏奮逸響，新聲妙入神。令德唱高言，識曲聽其真。齊心同所願，含意俱未申。人生寄一世，奄忽若飈塵。何不策高足，先據要路津。無為守窮賤，轗軻長苦辛。

這首詩所詠的是聽曲感興心；主要的是那種感慨，不是曲，也不是宴會。但是從宴會敘起，一路逶迤說下去，順著事實應有的自然秩序，並不特為加選安排和〔八〕語固然如此,所以下一番感慨,一番議論,一番「高言」,也是痛快淋漓,簡直不怕說盡〔了〕。這確是近乎散文〔,〕十九首還是樂府的體裁,樂府原像現在民間的小曲似的,有時隨口編唱,近乎散文的地方是常有的。十九首雖然大概出於文人之手,但因摹做樂府,都還不失為詩。散文的成分不少,不過本〔〕詩〔〕並非例外。

〔一〕開端四語只是直陳宴樂。這一目是「良宴會」,

是引子,以下才是正文。再说这里"欢乐难具陈"下直接"弹筝"二句,便见出"就中只说"的意思,无须另行提明,是诗体比散文简省的地方。

"令德唱高言"以下四语,歧说甚多。上二语朱筠《古诗十九首说》说得最好:"'令德'犹言能者。'唱高言',高谈阔论,在那里说其妙处,欲令'识曲'者'听其真'。"曲有声有辞。一般人的赏识似乎在声而不在辞。只有聪明人才会赏玩曲辞,才能辨识曲辞的真意味。这种聪明人便是知音的"令德"。"高言"就是妙论,就是"人生寄一世"以下的话。"唱"是"唱和"的"唱"。聪明人说出座中人人心中所欲说出而说不出的一番话,大家自是欣然应和的;这也在"今日"的"欢乐"之中。"齐心同所愿"是人人心中所欲说,"含意俱未申"是口中说不出。二语中复沓着"齐""同""俱"等字,见得心同理同,人人如一。

曲辞不得而知。但是无论歌咏的是富贵人的欢悰还是穷贱人的苦绪,都能引起诗中那一番感慨。若是前者,感慨便由于相形见绌;若是后者,便由于同病相怜。话却从人生如寄开始。既然人生如寄,见绌便更见绌,相怜便更相怜了。而"人生一世"不但是"寄",简直像卷地狂风里的尘土,一忽儿就无踪影,这就更见迫切。"飙尘"当时是个新比喻,比"寄"比"远行客"更"奄忽",更见人生是短促的。人生既是这般短促,自然该及时欢乐,才不白活一世。富贵才能尽情欢乐,"穷贱"

只有"长苦辛"。那么,为什么"守穷贱"呢?为什么不赶快去求富贵呢?

"何不策高足,先据要路津",就是"为什么不赶快去求富贵呢?"这儿又是一个新比喻。"高足"是良马、快马,"据要路津"是《孟子》里"夫子当路于齐"的"当路"。何不驱车策良马快去占住路口渡口——何不早早弄个高官做呢?——贵了也就富了。"先"该是捷足先得的意思。《史记》蒯通曰:"秦失其鹿,天下共逐之,于是高材疾足者先得焉。"正合"何不"两句语意。从尘想到车,从车说到"辗轲",似乎是一串儿,并非偶然。辗轲,不遇也;《广韵》:"车行不利曰辗轲,故人不得志亦谓之辗轲。""车行不利"是辗轲的本义,"不遇"是引申义。《楚辞》里已只用引申义,但本义存在偏旁中,是不易埋没的。本诗用的也是引申义,可是同时牵涉着本义,与上文相照应。"无为"就是"毋为",等于"毋"。这是一个熟语。《诗经·板》篇有"无为夸毗"一句,郑玄《笺》作"女(汝)无(毋)夸毗",可证。

"何不"是反诘,"无为"是劝诫,都是迫切的口气。那"令德"和在座的人说,我们何不如此如此呢?我们再别如彼如彼了啊!人生既"奄忽若飘尘",欢乐自当亟亟求之,富贵自当亟亟求之,所以用得着这样迫切的口气。这是诗。这同时又是一种不平的口气。富贵是并不易求的;有些人富贵,有些人穷贱,似乎

四

「遠行客」更「奄忽」，更見人生是短促的。人生既是這般短促，自然該及時歡樂，才會不白活一世。富貴才能盡情歡樂，「窮賤」只有「長苦辛」。那麼，為甚麼「守窮賤」呢？為甚麼不去求富貴呢？趕快不去求富貴呢？就是「為甚麼不趕快去求富貴呢？」何不策高足，先據要路津？」這兒又是一個新比喻。「高足」是良馬，「據要路津」便是孟子裏「夫子當路於齊」的「當路」。何不驅車策良馬快去佔住路口渡口——何不早是命运使然。穷贱的命不犹人，心有不甘；"何不"四语便是那怅惘不甘之情的表现。这也是诗。明代钟惺说，"欢宴未毕，忽作热中语，不平之甚"。陆时雍说，"慷慨激昂。'何不——苦辛'，正是欲而不得"。清代张玉谷说，"感愤自嘲，不嫌过直"。都能搔着痒处。诗中人却并非孔子的信徒，没有安贫乐道、"君子固穷"等信念。他们的不平不在守道而不得时，只在守穷贱而不得富贵。这也不失其为真。有人说是"反辞""诡辞"，是"讽"是"谑"，那是蔽于儒家的成见。

陆机拟作变"高言"为"高谈"，他叙那"高谈"道："人生无几何，为乐常苦晏。譬彼伺晨鸟，扬声当及旦。易为恒忧苦，守此贫与贱。""伺晨鸟"一喻虽不像"策高足"那一喻切露，但"扬声当及旦"也还是"亟亟求之"的意思。而上文"为乐常苦晏"，原诗却未明说；有了这一语，那"扬声"自然是求富贵而不是求荣名了。这可以旁证原诗的主旨。

（五）

　　西北有高楼，上与浮云齐。
　　交疏结绮窗，阿阁三重阶。
　　上有弦歌声，音响一何悲。

谁能为此曲，无乃杞梁妻。
清商随风发，中曲正徘徊。
一弹再三叹，慷慨有余哀。
不惜歌者苦，但伤知音稀。
愿为双鸣鹤，奋翅起高飞。

这首诗所咏的也是闻歌心感。但主要的是那"弦歌"的人，是从歌曲里听出的那个人。这儿弦歌的人只是一个，听歌心感的人也只是一个。"西北有高楼"，"弦歌声"从那里飘下来，弦歌的人是在那高楼上。那高楼高入云霄，可望而不可即。四面的窗子都"交疏结绮"，玲珑工细。"交疏"是花格子，"结绮"是格子联结着像丝织品的花纹似的。"阁"就是楼，"阿阁"是"四阿"的楼。司马相如《上林赋》有"离宫别馆……高廊四注"的话，"四注"就是"四阿"，也就是四面有檐，四面有廊。"三重阶"可见楼不在地上而在台上。阿阁是宫殿的建筑，即使不是帝居，也该是王侯的第宅。在那高楼上弦歌的人自然不是寻常人，更只可想而不可即。

弦歌声的悲引得听者驻足。他听着，好悲啊！真悲极了！"谁能作出这样悲的歌曲呢？莫不是杞梁妻吗？"齐国杞梁的妻子"善哭其夫"，见于《孟子》。《列女传》道："杞梁之妻无子，内外皆无五属之亲。既无所归，乃枕其夫之尸于城下而哭。内诚动

七、山山〔縱〕低下新云号低二格

「歌」的人,是歌曲裏聽出的那個人。這兒絃歌的人只是一個,聽歌心感的也只是一個。「西北有高樓」,「絃歌聲」從那裏飄下來,絃歌的人是在那高樓上。那高樓高入雲霄,可望而不可即。四面的〔窗〕應手都「交疏」「結綺」,玲瓏工緻細。「交疏」是花格子,「結綺」是格子連結着像絲織品的花紋似的。「閣」就是樓,「阿閣」是「四阿」的樓,司馬相如上林賦有「離宮別館」……高廊四注」的話,「四注」

就是「四阿」，也就是四面有簷，四面有廊。「三重階」可見樓不在平地上而在臺上。阿閣是宮殿的建築，即使不是帝居，也該是王侯的第宅。在那高樓上絃歌的人自然不是尋常人！更可想而不可即。絃歌聲的悲引得聽者駐足聽着，那他悲極了！「誰能作出這樣悲的歌曲呢？莫非是杞梁妻嗎？」齊國杞梁的妻子「善哭其夫」，見於壺子。列女傳道：「杞梁之妻無子，內外皆人,道路过者莫不为之挥涕,十日而城为之崩。"琴曲有《杞梁妻叹》,《琴操》说是杞梁妻所作。《琴操》说:梁死,"妻叹曰:'上则无父,中则无夫,下则无子,将何以立吾节?亦死而已!'援琴而鼓之。曲终,遂自投淄水而死"。杞梁妻善哭,《杞梁妻叹》是悲叹的曲调。

本诗引用这桩故事,也有两层意思。第一是说那高楼上的弦歌声好像《杞梁妻叹》那样悲。"谁能"二语和别一篇古诗里"谁能为此器?公输与鲁班!"句调相同。那两句只等于说,"这东西巧妙极了!"这两句在第一意义下,也只等于说,"这曲子真悲极了!"说了"一何悲",又接上这两句,为的是增加语气;"悲"还只是概括的,这两句却是具体的。——"音响一何悲"的"音响"似乎重复了上句的"声",似乎只是为了凑成五言。古人句律宽松,这原不足为病。但《乐记》里说"声成文谓之音",而响为应声也是古义,那么,分析的说起来,"声"和"音响"还是不同的。"谁能"二语,假设问答,本是乐府的体裁。乐府多一半原是民歌,民歌有些是对着大众唱的,用了问答的语句,有时只是为使听众感觉自己在歌里也有份儿——答语好像是他们的。但那别一篇古诗里的"谁能"二语跟本诗里的,除应用这个有趣味的问答式之外,还暗示一个主旨。那就是,只有公输与鲁班能为此器(香炉),只有杞梁妻能为此曲。本诗在答语里却多了"无乃"这个否定的反诘语,那是使语气婉转些。

这儿语气带些犹疑，却是必要的。"谁能"二句其实是双关语，关键在"此曲"上。"此曲"可以是旧调旧辞，也可以是旧调新辞——下文有"清商随风发"的话，似乎不会是新调。可以是旧调旧辞，便蕴涵着"谁能"二句的第一层意思，就是上节所论的。可以是旧调新辞，便蕴涵着另一层意思。这就是说，为此曲者莫不是杞梁妻一类人吗？——曲本兼调和辞而言。这也就是说那位"歌者"莫不是一位冤苦的女子吗？宫禁里，侯门中，怨女一定是不少的；《长门赋》《团扇辞》《乌鹊双飞》所说的只是些著名的，无名的一定还多。那高楼上的歌者可能就是一个，至少听者可以这样想，诗人可以这样想。陆机拟作里便直说道："佳人抚琴瑟，纤手清且闲。芳气随风结，哀响馥若兰。玉容谁得顾？倾城在一弹。"语语都是个女人。曹植《七哀诗》开端道："明月照高楼，流光正徘徊。上有愁思妇，悲叹有余哀。"似乎也多少袭用本诗的意境，那高楼上也是个女人。这些都可供旁证。

"上有弦歌声"是叙事，"音响一何悲"是感叹句，表示曲的悲，也就是表示人——歌者跟听者——的悲。"谁能"二语进一步具体地写曲写人。"清商"四句才详细地描写歌曲本身，可还兼顾着人。朱筠说"随风发"是曲之始，"正徘徊"是曲之中，"一弹三叹"是曲之终，大概不错。商音本是"哀响"，加上"徘徊"，加上"一弹三叹"，自然"慷慨有余哀"。徘徊，《后汉书·苏竟传》注说是"萦绕淹留"的意思。歌曲的徘徊也正暗示歌者心头的徘徊，听者足下的徘徊。《乐记》说："'清庙'之瑟……一倡而三叹，有遗音者矣。"郑玄注："倡，发歌句也，三叹，三人从而叹之耳。"这个叹大概是和声。本诗"一弹再三叹"，大概也指复沓的曲句或泛声而言；一面还照顾着杞梁的妻的叹，增强曲和人的悲。《说文》："慷慨，壮士不得志于心也。"这儿却是怨女的不得志于心。——也许有人想，宫禁千门万户，侯门也深如海，外人如何听得清高楼上的弦歌声呢？这一层，姑无论诗人设想原可不必黏滞实际，就从实际说，也并非不可能的。唐代元稹的《连昌宫词》里不是说过吗："李谟擫笛傍宫墙，偷得新翻数般曲。"还有，陆机说"佳人抚琴瑟"，抚琴瑟自然是想象之辞；但参照别首，也许是"弹筝奋逸响"也未可知。

歌者的苦，听者从曲中听出想出，自然是该痛惜的。可是他说"不惜"，他所伤心的只是听她的曲而知她的心的人太少了。其实他是在痛惜她，固然痛惜她的冤苦，却更痛惜她的知音太少。一个不得志的女子禁闭在深宫内院里，苦是不消说的，更苦的是有苦说不得；有苦说不得，只好借曲写心，最苦的是没人懂得她的歌曲，知道她的心。这样说来，"知音稀"真是苦中苦，别的苦还在其次。"不惜""但伤"是这个意思。这里是诗比散文经济的地方。知音是引用俞伯牙、钟子期的故事。伪《列子》道："伯牙善鼓琴，钟子期善听。伯牙鼓琴，志在登高山，钟子雙鴻鵠,意同。鶴和鴻鵠都是鳴聲宏嘹亮,跟「知音」相照應。「奮翼」句也許出於楚辭「將奮翼兮高飛」。高、遠也,見廣雅。但詩經邶風柏舟篇末「靜言思之,不能奮飛」二語的意思,這是俞平伯先生在苕耳莊緯徽室古詩札記裏指出的。卻是一個受苦的女子的話。唯其那歌者不能奮飛,那聽者才「願」為鳴鶴,雙儵又奔曲飛。「願為」兩句裏似乎也蘊涵著。不過,這也是個「願」,表示聽者的「惜」,表示他的深切的同情罷了,那悲哀終於是「綿綿無盡期」的。(待續)

期曰：'善哉！峨峨兮若泰山。'志在流水，钟子期曰：'善哉！洋洋兮若江河。'伯牙所念，钟子期必得之。"《列子》虽是伪书，但这个故事来源很古（《吕氏春秋》中有）；因为《列子》里叙得合用些，所以引在这里。"伯牙所念，钟子期必得之"，这才是"善听"，才是知音。这样的知音也就是知心，知己，自然是很难遇的。

本诗的主人公是那听者，全首都是听者的语气。"不惜"的是他，"但伤"的是他，"愿为双鸣鹤，奋翅起高飞！""愿"的也是他。这末两句似乎是乐府的套语。"东城高且长"篇末作"思为双飞燕，衔泥巢君屋"；伪苏武诗第二首袭用本诗的地方很多，篇末也说"愿为双黄鹄，送子俱远飞"，篇中又有"何况双飞龙，羽翼临当乖"的话。苏武诗虽是伪托，时代和《十九首》相去也不会太远的。从本诗跟"东城高且长"看，双飞鸟的比喻似乎原是用来指男女的。——伪苏武诗里的双飞龙，李善《文选注》说是"喻己及朋友"，双黄鹄无注，李善大概以为跟双飞龙的喻义相同。这或许是变化用之——本诗的双鸣鹤，该是比喻那听者和那歌者。一作双鸿鹄，意同。鹤和鸿鹄都是鸣声嘹亮，跟"知音"相照应。"奋翼"句也许出于《楚辞》的"将奋翼兮高飞"。高，远也，见《广雅》。但《诗经·邶风·柏舟》篇末"静言思之，不能奋飞"二语的意思，"愿为"两句里似乎也蕴涵着。这是俞平伯先生在《葺芷缭蘅室古诗札记》里指出的。那二语却是一个受苦的女子的话。唯其那歌者不能奋飞，那听者才"愿"为鸣鹤，双双奋飞。不过，这也只是个"愿"，表示听者的"惜"的"伤"，表示他的深切的同情罢了，那悲哀终于是"绵绵无尽期"的。

（六）

涉江采芙蓉，兰泽多芳草。
采之欲遗谁，所思在远道。
还顾望旧乡，长路漫浩浩。
同心而离居，忧伤以终老。

这首诗的意旨只是游子思家。诗中引用《楚辞》的地方很多，成辞也有，意境也有，但全诗并非思君之作。《十九首》是仿乐府的，乐府里没有思君的话，汉魏六朝的诗里也没有，本诗似乎不会是例外。"涉江"是《楚辞》的篇名，屈原所作的《九章》之一。本诗是借用这个成辞，一面也多少暗示着诗中主人的流离转徙——《涉江》篇所叙的正是屈原流离转徙的情形。采芳草送人，本是古代的风俗。《诗经·郑风·溱洧》篇道："溱与洧，方涣涣兮，士与女，方秉蕑兮。"《毛传》："蕑，兰也。"

古詩十九首釋（續）

其六 二槁 國文月刊 朱自清

涉江采芙蓉，蘭澤多芳草。采之欲遺誰，所思在遠道。還顧望舊鄉，長路漫浩浩。同心而離居，憂傷以終老。

這首詩的意旨只是遊子思家。詩中引用楚辭的地方很多，成辭也有，意境也有；但全詩並非是思君之作。十九首是仿樂府的，樂府裏沒有思君的話，漢魏六朝的詩裏也沒有，本詩似乎不會是例外。「涉江」是楚辭的篇名，屈原所作的「九章」之一。本詩是借用這個成辭，一面也多少暗示着詩中主人的流離轉徙，涉江篇所敘的亞～～～是屈原流離轉徙的情形。衆芳草送人本是古代的風俗。詩經鄭風溱洧篇說：「溱與洧，方渙渙兮，士與女，方秉蕳兮。」毛傳，「蕳，蘭也」。詩又說：「且往觀乎，洧之外，洵訏且樂。維士與女，伊其相謔，贈之以勺藥。」鄭玄箋說士

《诗》又道:"且往观乎,洧之外,洵讦且乐。维士与女,伊其相谑,赠之以勺药。"郑玄《笺》说士与女分别时,"送女以勺药,结恩情也"。《毛传》说勺药也是香草。《楚辞》也道:"采芳洲兮杜若,将以遗之下女","搴汀州兮杜若,将以遗之远者";"被石兰兮带杜衡,折芳馨兮遗所思";"折疏麻兮瑶华,将以遗兮离居"。可见采芳相赠,是结恩情的意思,男女都可,远近也都可。

本诗"涉江采芙蓉,兰泽多芳草"便说的采芳。芙蓉是莲花,《溱洧》篇的蕳,《韩诗》说是莲花;本诗作者也许兼用《韩诗》的解释。莲也是芳草。这两句是两回事。河里采芙蓉是一回事,兰泽里采兰另是一事。"多芳草"的芳草就指兰而言。《楚辞·招魂》道:"皋兰被径兮斯路渐。"王逸注:"渐,没也;言泽中香草茂盛,覆被径路。"这正是"兰泽多芳草"的意思。《招魂》那句下还有"目极千里兮伤春心,魂兮归来哀江南"二语。本诗"兰泽多芳草"引用《招魂》,还暗示着伤春思归的意思。采芳草的风俗,汉代似乎已经没有。作诗人也许看见一些芳草,即景生情,想到古代的风俗,便根据《诗经》《楚辞》,虚拟出采莲采兰的事实来。诗中想象的境地本来多,只要有暗示力就成。

采莲采兰原为的送给"远者","所思"的人,"离居"的人——这人是"同心"人,也就是妻室。可是采芳送远到底只是一句自慰的话,一个自慰的念头;道路这么远这么长,又怎样送得到呢?辛辛苦苦地东采西采,到手一把芳草;这才恍然记起所思的人还在远道，没法子送去。那么，采了这些芳草是要给谁呢？不是白费吗？不是傻吗？古人道："诗之失，愚。"正指这种境地说。这种愚只是无可奈何的自慰。"采之欲遗谁，所思在远道。"不是自问自答，是一句话，是自诘自嘲。

记起了"所思在远道"，不免爽然自失。于是乎"还顾望旧乡"。《涉江》里道："乘鄂渚而反顾兮"，《离骚》里也有"忽临睨夫旧乡"的句子。古乐府道："远望可以当归"；"还顾望旧乡"又是一种无可奈何的自慰。可是"长路漫浩浩"，旧乡那儿有一些踪影呢？不免又是一层失望。漫漫，长远貌，《文选》左思《吴都赋》刘渊临注。浩浩，广大貌，《楚辞·怀沙》王逸注。这一句该是"长路漫漫浩浩"的省略。漫漫省为漫，叠字省为单辞，《诗经》里常见。这首诗以前，这首诗以后，似乎都没有如此的句子。"还顾望旧乡"一语，旧解纷歧。一说，全诗是居者思念行者之作，还顾望乡是居者揣想行者如此这般（姜任修《古诗十九首释》，张玉谷《古诗赏析》）。曹丕《燕歌行》道："念君客游思断肠，慊慊思归恋故乡"，正是居者从对面揣想。但那里说出"念君"，脉络分明。本诗的"还顾"若也照此解说，却似乎太曲折些。这样曲折的组织，唐宋诗里也只偶见，古诗里是不会有的。

本诗主人在两层失望之余，逼得只有直抒胸臆；采芳既不能赠远，望乡又茫无所见，只好心上温寻一番罢了。这便是"同心而离居，忧伤以终老"二语。由相思而采芳草，由采芳草而望

五、

溫尋一番❶罷了這便是「同心而離居，憂傷以終老」二語。由相思而采芳草，由采芳草而望舊鄉，由望舊鄉而回到相思，兜了一個圈子，真是無可奈何到了極處。所以有「憂傷以終老」這樣激切的口氣。周易，「二人同心」，這裏借指夫婦。同心人該是生同室，死同穴，所謂偕老。現在卻「同心而離居」，「道路阻且長，會面安可知」，只有憂傷終老的了！「團而離居」的「團」字想來是包括着離居的種種因由種種經歷，古詩渾成，旧乡,由望旧乡而回到相思,兜了一个圈子,真是无可奈何到了极处。所以有"忧伤以终老"这样激切的口气。《周易》:"二人同心",这里借指夫妇。同心人该是生同室,死同穴,所谓"偕老"。现在却"同心而离居";"道路阻且长,会面安可知",想来是只有忧伤终老的了!"而离居"的"而"字包括着离居的种种因由种种经历;古诗浑成,不描写细节,也是时代使然。但读者并不感到缺少,因为全诗都是粗笔,这儿一个"而"字尽够咀嚼的。"忧伤以终老"一面是怨语,一面也重申"同心"的意思——是说尽管忧伤,绝无两意。这两句兼说自己和所思的人,跟上文专说自己的不同;可是下句还是侧重在自己身上。

本诗跟《庭中有奇树》一首,各只八句,在十九首中是最短的。这一首里复沓的效用最易见。首二语都是采芳草;"远道"一面跟"旧乡"是一事,一面又跟"长路漫浩浩"是一事。八句里虽然复沓了好些处,却能变化。"涉江"说"采",下句便省去"采"字,句式就各别,而两语的背景又各不相同。"远道"是泛指,"旧乡"是专指;"远道"是"天一方","长路漫浩浩"是这"一方"到那"一方"的中间。这样便不单调。而诗中主人相思的深切却得借这些复沓处显出。既采莲,又采兰,是唯恐恩情不足。所思的人所在的地方,两次说及,也为的增强力量。既说道远,又说路长,再加上"漫浩浩",只是"会面安可知"的意思。这些都是相思,也都是"忧伤",都是从"同心而离居"来的。

（七）

明月皎夜光，促织鸣东壁。
玉衡指孟冬，众星何历历。
白露沾野草，时节忽复易。
秋蝉鸣树间，玄鸟逝安适。
昔我同门友，高举振六翮。
不念携手好，弃我如遗迹。
南箕北有斗，牵牛不负轭。
良无磐石固，虚名复何益。

这首诗是怨朋友不相援引，语意明白。这是秋夜即兴之作。《诗经·月出》篇："月出皎兮。……劳心悄兮。""明月皎夜光"一面描写景物，一面也暗示着悄悄的劳心。促织是蟋蟀的别名。"鸣东壁"，"东壁向阳，天气渐凉，草虫就暖也"（张庚《古诗十九首解》）。《诗经·七月》篇道："七月在野，八月在宇，九月在户，十月蟋蟀入我床下。"可以参看。《春秋说题辞》说："趣（同'促'）织之为言趣（促）也。织与事遽，故趣织鸣，女作兼也。"本诗不用蟋蟀而用促织，也许略含有别人忙于工作而自己却偃蹇无成的意思。

"玉衡指孟冬，众星何历历"，也是秋夜所见。但与"明月皎夜光"不同时,因为有月亮的当儿,众星是不大显现的。这也许指的上弦夜,先是月明,月落了,又是星明;也许指的是许多夜。这也暗示秋天夜长,诗中主人"忧愁不能寐"的情形。"玉衡"见《尚书·尧典》(伪古文见《舜典》),是一支玉管儿,插在璇玑(一种圆而可转的玉器)里窥测星象。这儿却借指北斗星的柄。北斗七星,形状像个舀酒的大斗——长柄的勺子。第一星至第四星成勺形,叫斗魁;第五星至第七星成柄形,叫斗杓,也叫斗柄。《汉书·律历志》已经用玉衡比喻斗杓,本诗也是如此。古人以为北斗星一年旋转一周,他们用斗柄所指的方位定十二月二十四节气。斗柄指着什么方位,他们就说是哪个月哪个节气。这在当时是常识,差不多人人皆知。"玉衡指孟冬",便是说斗柄已经指着孟冬的方位了,这其实也就是说,现在已到了冬令了。

这一句里的孟冬,李善说是夏历的七月,因为汉初是将夏历的十月作正月的。历来以为十九首里有西汉诗的,这句诗是重要的客观的证据。但古代历法,向无定论。李善的话也只是一种意见,并无明确的记载可以考信。俞平伯先生在《清华学报》曾有长文讨论这句诗,结论说它指的是夏历九月中。这个结论很可信。陆机拟作道:"岁暮凉风发,昊天肃明明。招摇西北指,天汉东南倾。""招摇"是斗柄的别名。"招摇西北指"该与"玉衡指孟冬"同意。据《淮南子·天文训》,斗柄所指,西北是夏历是常識,差不多人人皆知。「玉衡指孟冬」便是說斗柄已指著孟冬的方位了。這其實也就是說,現在已交孟冬令了。

這一句裏的孟冬,李善說是夏曆的七月,因為漢初是將夏曆的十月作正月的。歷來以為十九首裏有西漢詩的,這句詩是重要的客觀的證據。但古代曆法,向無定論。李善的話也只是一種意見,並無明確的記載可以考信。俞平伯先生在清華學報曾有長文討論這句詩,結論說它

九．

指的是夏曆九月中。這個結論很可信。陸機擬作道：「歲暮涼風發，昊天肅明明。招搖西北指，天漢東南傾。」招搖是斗柄的別名。「招搖西北指」該與「玉衡指孟冬」同意。據淮南子天文訓，西北是夏曆九月十月之交的方位，而正西北是立冬的方位。本詩說「指孟冬」該是作於（偏）夏曆九月立冬以後；斗柄所指該是西北北的方位。這跟詩中所寫別的景物都無不合處。「眾星何歷歷」，歷歷是分明。秋季天（高）氣清，所解「有朋自遠方來，不亦樂乎！」下引包咸曰，「同門曰朋」。邢昺疏引鄭玄周禮註，「同師曰朋，同志曰友」，說同門是同在師門受學的意思。同門友是很親密的，所以下文有「攜手好」的話。詩經裏道，「惠而好我，攜手同車」，也是很親密的。同門友現在得意起來了。

「高舉振六翮」是比喻。韓詩外傳，「蓋桑曰，夫鴻鵠一舉千里，所恃者六翮耳。凵翮是羽莖，六翮是凸大鳥的翅膀。同門友好像鴻鵠一般高九月十月之交的方位，而正西北是立冬的方位。本诗说"指孟冬"，该是作于夏历九月立冬以后，斗柄所指该是西北偏北的方位。这跟诗中所写别的景物都无不合处。"众星何历历！"历历是分明。秋季天高气清，所谓"昊天肃明明"，众星更觉分明，所以用了感叹的语调。

"明月皎夜光"四语，就秋夜的见闻起兴。"白露沾野草，时节忽复易。秋蝉鸣树间，玄鸟逝安适！"却借着泛写秋天的景物。《礼记》："孟秋之月……白露降。"又，"孟秋……寒蝉鸣"。又，"仲秋之月，玄鸟归"。——郑玄注，玄鸟就是燕子。《礼记》的时节只是纪始。九月里还是有白露的，虽然立了冬，而立冬是在霜降以后，但节气原可以早晚些。九月里也还有寒蝉。八月玄鸟归，九月里说"逝安适"，更无不可。这里"时节忽复易"兼指白露、秋蝉、玄鸟三语；因为白露同时是个节气的名称，便接着"沾野草"说下去。这四语见出秋天一番萧瑟的景象，引起宋玉以来传统的悲秋之感。而"时节忽复易"，"岁暮一何速"（"东城高且长"中句），诗中主人也是"贫士失职而志不平"，也是"淹留而无成"（宋玉《九辩》），自然感慨更多。

"昔我同门友"以下便是他自己的感慨来了。何晏《论语集解》"有朋自远方来，不亦乐乎！"下引包咸曰："同门曰朋。"邢昺《疏》引郑玄《周礼注》："同师曰朋，同志曰友。"说同门是同在师门受学的意思。同门友是很亲密的，所以下文有"携手好"的话。《诗经》里道:"惠而好我,携手同车。"也是很亲密的。从前的同门友现在是得意起来了。"高举振六翮"是比喻。《韩诗外传》"盖桑曰:'夫鸿鹄一举千里,所恃者六翮耳。'"翮是羽茎,六翮是大鸟的翅膀。同门友好像鸿鹄一般高飞起来了。上文说玄鸟,这儿便用鸟作比喻。前面两节的联系就靠这一点儿,似断似连的。同门友得意了,却"不念携手好,弃我如遗迹"了。《国语·楚语》下:"灵王不顾于民,一国弃之,如遗迹焉。"韦昭注,像行路人遗弃他们的足迹一样。今昔悬殊,云泥各判,又怎能不感慨系之呢?

"南箕北有斗,牵牛不负轭。"李善注:"言有名而无实也。"《诗经》:"维南有箕,不可以簸扬;维北有斗,不可以挹酒浆。""睆彼牵牛,不以服箱。"箕是簸箕,用来扬米去糠。服箱是拉车。负轭是将轭架在牛颈上,也还是拉车。名为箕而不能簸米,名为斗而不能挹酒,名为牛而不能拉车。所以是"有名而无实"。无实的名只是"虚名"。但是诗中只将牵牛的有名无实说出,"南箕""北有斗"却只引《诗经》的成辞,让读者自己去联想。这种歇后的手法,偶然用在成套的比喻的一部分里,倒也新鲜,见出巧思。这儿的箕、斗、牵牛虽也在所见的历历众星之内,可是这两句不是描写景物而是引用典故来比喻朋友。朋友该相援引,名为朋友而不相援引,朋友也只是"虚名"。"良无磐石固",良,信也。《声类》:"磐,大石也。"固是"不倾移",《周易·系辞》下"德之固也"注如此;《荀子·儒效》篇也道:"万物莫足以倾之之谓固。"《孔雀东南飞》里兰芝向焦仲卿说:"君当作磐石,妾当作蒲苇。蒲位纫如丝,磐石无转移。"仲卿又向兰芝说:"磐石方且厚,可以卒千年。"可见"磐石固"是大石头稳定不移的意思。照以前"同门""携手"的情形,交情该是磐石般稳固的。可是实在"弃我如遗迹"了,交情究竟没有磐石般稳固呵。那么,朋友的虚名又有什么用处呢!只好算白交往一场罢了。

  本诗只开端二语是对偶,"秋蝉"二语偶而不对,其余都是散行句。前书描写景物,也不尽依逻辑的顺序,如促织夹在月星之间,以及"时节忽复易"夹在白露跟秋蝉、玄鸟之间。但诗的描写原不一定依照逻辑的顺序,只要有理由。"时节"句上文已论。"促织"句跟"明月"句对偶着,也就不觉得杂乱。而这二语都是韵句,韵脚也给它们凝整的力量。再说从大处看,由秋夜见闻起手,再写秋天的一般景物,层次原也井然。全诗又多直陈,跟"青青陵上柏""今日良宴会"有相似处,但结构自不相同。诗中多用感叹句,如"众星何历历!""时节忽复易!""玄鸟逝安适!""虚名复何益!"也和"青青陵上柏"里的"极宴娱心意,戚戚何所迫!""今日良宴会"里的"何不策高足,先据要路津?无为守穷贱,轗轲长苦辛!"相似。直陈要的是沉着痛快,感叹句能增强这种效果。诗中可也用了不少比喻。六翮,南箕,北斗,牵牛,都是旧喻新用,磐石是新喻,玉衡,遗迹,是旧喻。这些比喻,特别是箕、斗、牵牛那一串儿,加上开端二语牵涉到的感慨,足以调剂直陈诸语,免去专一的毛病。本诗前后两节联系处很松泛,上面已述及,松泛得像歌谣里的接字似的。"青青陵上柏"里利用接字增强了组织,本诗"六翮"接"玄鸟",前后是长长的两节,这个效果便见不出。不过,箕、斗、牵牛既照顾了前节的"众星何历历",而从传统的悲秋到失志无成之感到怨朋友不相援引,逐层递进,内在的组织原也一贯。所以诗中虽有些近乎散文的地方,但就全体而论,却还是紧凑的。

(八)

冉冉孤生竹,结根泰山阿。
与君为新婚,兔丝附女萝。
兔丝生有时,夫妇会有宜。
千里远结婚,悠悠隔山陂。
思君令人老,轩车来何迟。
伤彼蕙兰花,含英扬光辉。
过时而不采,将随秋草萎。
君亮执高节,贱妾亦何为。

吴淇说这是"怨婚迟之作"(《选诗定论》),是不错的。方廷珪说:"与君为新婚","只是媒妁成言之始,非嫁时"(《文选集成》),也是不错的。这里"为新婚"只是订了婚的意思。订了婚却老不成婚,道路是悠悠的,岁月也是悠悠的,怎不"思君令人老"呢?一面说"与君""思君""君亮",一面说"贱妾",显然是怨女在向未婚夫说话。但既然"为新婚",照古代的交通情形看,即使不同乡里,也该相去不远才是,怎么会"千里远""隔山陂"呢?也许那男子随宦而来,订婚在幼年,以后又跟着家里人到了远处或回了故乡。也许他自己为了种种缘故,作了天涯游子。诗里没有提,我们只能按情理这样揣想罢了。无论如何,那女子老等不着成婚的信儿是真的。照诗里的口气,那男子虽远隔千里,却没有失踪,至少他的所在那女子是还知道的。说"轩车来何迟"!说"君亮执高节",明明有个人在那里。轩车是有阑干的车子,据杜预《左传注》,是大夫乘坐的。也许男家是做官的,也许这只是个套语,如后世歌谣里的"牙床"之类。这轩车指的是男子来亲迎的车子。彼此相去千里,隔着一重重山陂,那女子似乎又无父母,自然只有等着亲迎一条路。男大当婚,女大当嫁,彼此到了婚嫁的年纪,那男子却总不来亲迎,怎不令人忧愁相思要变老了呢!"思君令人老"是个套句,但在这里并不缺少力量。

何故"轩车来何迟"呢?诗里也不提及。可能的原因似乎只有两个:一是那男子穷,道路隔得这么远,亲迎没有这笔钱;二是他弃了那女子,道路隔得这么远,岁月隔得这么久,他懒得去践那婚约——甚至于已经就近另娶,也没有准儿。照诗里的口气,似乎不是因为穷,诗里的话,那么缠绵固结,若轩车不来是因为穷,该有些体贴的句子。可是没有。诗里只说了"君亮执高节"一句话,更不去猜想轩车来迟的因由;好像那女子已经知道,用不着猜想似的。亮,信也。——你一定"守节情不移",不至于变心负约的。果能如此,我又为何自伤呢?——上文道,"伤彼蕙兰花……";"贱妾亦何为?"就是何为"伤彼",而"伤彼"也就是自伤。张玉谷说这两句"代揣彼心,自安己分"(《古诗赏析》),可谓确切。不过"代揣彼心",未必是彼真心;那女子口里尽管说"君亮执高节",心里却在唯恐他不"执高节"。这是一句原谅他,代他回护,也安慰自己的话。他老不来,老不给成婚的信儿,多一半是变了心,负了约,弃了她;可是她不能相信这个。她想他,盼他,希望他"执高节";唯恐他不如此,是真的,但愿他还如此,也是真的。轩车不来,却只说"来何迟"!相隔千里,不能成婚,却还说,"千里远结婚"——尽管千里,彼此结为婚姻,总该是固结不解的。这些都出于同样的一番苦心,一番希望。这是"怨而不怒",也是"温柔敦厚"。

婚姻贵在及时,她能说的,敢说的,只是这个意思。"兔丝生有时""过时而不采"都从"时"字着眼。既然"与君为新婚",既然结为婚姻,名分已定,情好也会油然而生。也许彼此还没有见过面,但自己总是他的人,盼望及时成婚,正是常情所同然。他的为人,她不能详细知道;她只能说她自己的。她对他的情好是怎样的缠绵固结呵。她盼望他来及时成婚,又怎样的热切呵。全诗用了三个比喻,只是回环复沓的暗示着这两层意思。"冉冉孤生竹,结根泰山阿","兔丝附女萝"都暗示她那缠绵固结的情好。冉冉是柔弱下垂的样子,山阿是山弯里。泰山,王念孙《读书杂志》说是"大山"之讹,可信;大山犹如高山。李善注:"竹结根于山阿,喻妇人托身于君子也。""孤生"似乎暗示已经失去父母,因此更需有所依托——也幸而有了依托。弱女依托于你,好比孤生竹结根于大山之阿——她觉得稳固不移。女萝就是松萝。陆玑《毛诗草木疏》:"今松萝蔓松而生,而枝正青。兔丝草蔓联草上,黄赤如金,与松萝殊异。""兔丝附女萝",只暗示缠结的意思。李白诗:"君为女萝草,妾作兔丝华",以为女萝是指男子,兔丝是女子自指。就本诗本句和下文"兔丝生有时"句看,李白是对的。这里两个比喻中间插入"与君为新婚"一句,前后照应,有一箭双雕之妙。——还有,《楚辞·山鬼》道,"若有人兮山之阿""思公子兮徒离忧"。本诗"结根泰山阿"更暗示着下文"思君令人老"那层意思。

"兔丝生有时",为什么单提兔丝,不说女萝呢?兔丝有花，女萝没有；花及时而开，夫妇该及时而会。"夫妇会有宜"，宜，得其所也；得其所也便是得其时。这里兔丝虽然就是上句的兔丝——蝉联而下，也是接字的一格——可是不取它的"附女萝"为喻，而取它的"生有时"为喻，意旨便各别了。这两语是本诗里仅有的偶句；本诗比喻多，得用散行的组织才便于将这些彼此不相干的比喻贯串起来，所以偶句少。下文蕙兰花是女子自比，有花的兔丝也是女子自比。女子究竟以色为重，将花作比，古今中外，心同理同。——夫妇该及时而会，可是千里隔山陂，"轩车来何迟"呢！于是乎自伤了。"一干一花而香有余者，兰；一干数花而香不足者，蕙。"见《尔雅翼》。总而言之是香草。花而不实者谓之英，见《尔雅》。花而不实，只以色为重，所以说"含英扬光辉"。《五臣注》："此妇人喻己盛颜之时。"花"过时而不采"，将跟着秋草一块儿蔫了，枯了；女子过时而不婚，会真个变老了。《离骚》道："惟草木之零落兮，恐美人之迟暮。""夫妇会有宜"，妇贵及时，夫也贵及时之妇。现在轩车迟来，眼见就会失时，怎能不自伤呢？可是——念头突然一转，她虽然不知道他别的，她准知道他会守节不移；他会来的，迟点儿，早点儿，总会来的。那么，还是等着罢，自伤为了什么呢？其实这不过是无可奈何的自慰——不，自骗——罢了。

（九）

庭中有奇树，绿叶发华滋。
攀条折其荣，将以遗所思。
馨香盈怀袖，路远莫致之。
此物何足贡，但感别经时。

十九首里本诗和《涉江采芙蓉》一首各只八句，最短。而这一首直直落落的，又似乎最浅。可是陆时雍说得好，"十九首深衷浅貌，短语长情"（《古诗镜》）。这首诗才恰恰当得起那两句评语。试读陆机的拟作："欢友兰时往，苕苕匿音徽。虞渊引绝景，四节逝若飞。芳草久已茂，佳人竟不归。踯躅遵林渚，惠风入我怀；感物恋所欢，采此欲贻谁！"这首诗恰可以作本篇的注脚。陆机写出了一个有头有尾的故事：先说所欢在兰花开时远离；次说四节飞逝，又过了一年；次说兰花又开了，所欢不回来；次说踯躅在兰花开处，感怀节物，思念所欢，采了花却不能赠给那远人。这里将兰花换成那"奇树"的花，也就是本篇的故事。可是本篇却只写出采花那一段儿，而将整个故事暗示在"所思""路远莫致之""别经时"等语句里。这便比较拟作经济。再说拟作将故事写成定型，自然不如让它在暗示里生长着的引人入胜。原作比拟作"语短"，可是比它"情长"。

诗里一面却详叙采花这一段儿。从"庭中有奇树"而"绿叶",而"发华滋",而"攀条",而"折其荣";总而言之,从树到花,应有尽有,另来了一整套儿。这一套却并非闲笔。蔡质《汉官典职》:"宫中种嘉木奇树",奇树不是平常的树,它的花便更可贵些。

这里浑言"奇树",比拟作里切指兰草的反觉新鲜些。华同花,滋是繁盛,荣就是华,避免重复,换了一字。朱筠说本诗"因人而感到物,由物而说到人",又说"因意中有人,然后感到树……'攀条折其荣,将以遗所思',因物而思绪百端矣"(《古诗十九首说》)。可谓搔着痒处。诗中主人也是个思妇,"所思"是她的"欢友"。她和那欢友别离以来,那庭中的奇树也许是第一次开花,也许开了不止一回花,现在是又到了开花的时候。这奇树既生在庭中,她自然朝夕看见;她看见叶子渐渐绿起来,花渐渐繁起来。这奇树若不在庭中,她偶然看见它开花,也许会顿吃一惊:日子过得快呵,一别这么久了!可是这奇树老在庭中,她天天瞧着它变样儿,天天觉得过得快,那人是一天比一天远了!这日日的煎熬,渐渐的消磨,比那顿吃一惊更伤人。诗里历叙奇树的生长,变为了暗示这种心境;不提苦处而苦处就藏在那似乎不相干的奇树的花叶枝条里。这是所谓"浅貌深衷"。

孙鑛说这首诗与《涉江采芙蓉》同格,邵长蘅也说意同。这里"同格""意同"只是一个意思。两首诗结构各别,意旨确是大同。陆机拟作的末语跟《涉江采芙蓉》第三语只差一"此"字，差不多是直抄，便可见出。但是《涉江采芙蓉》有行者望乡一层，本诗专叙居者采芳欲赠，轻重自然不一样。孙𨥔又说"盈怀袖"一句意新。本诗只从采芳着眼，便酝酿出这新意。采芳本为了祓除邪恶，见《太平御览》引《韩诗章句》。祓除邪恶，凭着花的香气。"馨香盈怀袖"见得奇树的花香气特盛，比平常的香花更为可贵，更宜于赠人。一面却因"路远莫致之"——致，送达也——久久地痴痴地执花在手，任它香盈怀袖而无可奈何。《左传》声伯《楚歌》："归乎，归乎！琼瑰盈吾怀乎！"《诗·卫风》："籊籊竹竿，以钓于淇。岂不尔思？远莫致之。"本诗引用"盈怀""远莫致之"两个成辞，也许还联想到各原辞的上语："馨香"句可能暗示着"归乎，归乎"的愿望，"路远"句更是暗示着"岂不尔思"的情味。断章取义，古所常有，与原义是各不相干的。诗到这里来了一个转语："此物何足贡？"贡，献也，或作"贵"。奇树的花虽比平常的花更可贵，更宜于赠人，可是为人而采花，采了花而"路远莫致之"，又有什么用处！那么，可贵的也就不足贵了。泛称"此物"，正是不足贵的口气。"此物何足贵"，将攀条折荣，香盈怀袖，路远莫致，一笔抹杀，是直直落落的失望。"此物何足贡"，便不同一些。此物虽可珍贵，但究竟是区区微物，何足献给你呢？没人送去就没人送去算了。也是失望，口气较婉转。总之，都是物轻人重的意思，朱筠说"非因物而始思其人",一语破的。意中有人,眼看庭中奇树叶绿花繁,是一番无可奈何;幸而攀条折荣,可以自遣,可遗所思,而路远莫致,又是一番无可奈何。于是乎"但感别经时"。"别经时"从上六句见出:"别经时"原是一直感着的,盼望采花打个岔儿,却反添上一层失望。采花算什么呢?单只感着别经时,老只感着别经时,无可奈何的更无可奈何了。"这次第怎一个'愁'字了得"呵!孙𨥤说:"盈怀袖"一句下应以"别经时","视彼(涉江采芙蓉)较快,然冲味微减"。本诗原偏向明快,"涉江采芙蓉"却偏向深曲,各具一格,论定优劣是很难的。

(《国文月刊》,一九四一年第六—九、十五期连续刊登,仅释九首而止)

附 《古诗十九首》评论选摘

古诗,其体原出于《国风》,陆机所拟十四首,文温以丽,意悲而远,惊心动魄,可谓几乎一字千金。其外"去者日以疏"四十五首,虽多哀怨,颇为总杂,旧疑是建安中曹王所制。"客从远方来,橘柚垂华实",亦为惊绝矣。人代冥灭,而清音独远,悲夫!

(钟嵘《诗品上》)

古诗佳丽,或称枚叔,其《孤竹》一篇,则傅毅之词。比采而推,两汉之作乎?观其结构散文,直而不野。婉转附物,怊怅切情,实五言之冠冕也。

(刘勰《文心雕龙·明诗》)

五言并云古诗,盖不知作者;或云枚乘,疑不能明也。诗云:"驱车上东门",又云"游戏宛与洛"。此则辞兼东都非尽是乘明矣。昭明以失其姓氏,故编在李陵之上。

(李善《文选注》)

《古诗十九首》，平平道出，且无用工字面，若秀才对朋友说家常话，略不作意，如"客从远方来，寄我双鲤鱼，中有尺素书"是也。及登甲科，学说官话，便作腔子，昂然非常在家之时。若陈思王"游鱼潜绿水，翔鸟薄天飞"，"始出严霜结，今来白露晞"，是也。此作平仄妥帖，声调铿锵，诵之不免腔子出焉。魏晋诗家常话与官话相半。迨齐梁，开口俱是官话。官话使力，家常话省力，官话勉然，家常话自然。夫学古不及，则流于浅俗矣，今之工于近体者，惟恐官话不专，腔子不大，此所以泥乎盛唐，卒不能超越魏晋而进两汉也，嗟夫！

（谢榛《四溟诗话》）

十九首近于赋而远于风，故其情可陈，而其事可举也。虚者实之，纡者直之，则感寤之意微，而陈肆之用广矣。夫微而能通，婉而可讽者，风之为道美也。

（陆时雍《诗镜总论》）

十九首所以为千古至文者，以能言人同有之情也，人情莫不思得志，而得志者有几？虽处富贵，慊慊犹有不足，况贫贱乎？志不可得，而年命如流，谁不感慨？人情于所爱莫不欲终身相守，然谁不有别离？以我之怀思，猜彼之见弃，亦其常也。夫终身相守者，不知有愁，亦复不知其乐，乍一别离，则此愁难已。逐臣弃妻与朋友阔绝，皆同此旨。故十九首唯此二意，而低回反复，人人读之，皆若伤我心者。此诗所以为性情之物，而同有之情，人人各具，则人人本自有诗也，但人有情而不能言，即能言而言不能尽，故特推十九首以为至极。

言情能尽者，非尽言之之为尽也，尽言之则一览无遗。惟含蓄不尽，故反言之，乃足使人思。盖人情本曲，思心至不能自己之处，徘徊度量，常作万万不然之想。今若决绝，一言则已矣，必不再思矣。故彼弃予矣，必曰终亮不弃也，见无期矣，必曰终相见也。有此不自决绝之念，所以有思，所以不能已于言也。"十九首"善言情，惟是不使情为径直之物，而必取其宛曲者以写之，故言不尽，而情则无不尽。后人不知，但谓十九首以自然为贵；乃其经营惨淡，则莫能寻之矣。

（陈祚明《采菽堂古诗选》）

《古诗十九首》不必一人之辞，一时之作。大率逐臣弃妻，朋友阔绝，游子他乡，死生新故之感，或寓言，或显言，或反复言，初无奇辟之思，惊险之句，而西京古诗，皆在其下。是为《国风》之遗。

（沈德潜《说诗晬语》）

我以为要解决这一票诗的时代须先认一个假定即《古诗十九

首》这票东西虽不是一个人所作,都是一个时代——先后不过数十年间——所作。因为这十几首诗,体格韵味,都大略相同,确是一时代诗风之表现。凡诗风之为物,未有阅数十年百年而不变者,十九首既风格首首相近,其出现时代,当然不能距离太远。

汉制避讳极严,犯者罪至死,惟东汉对于西汉诸帝,则不讳,惠帝讳盈,而十九首中有"盈盈楼上女""馨香怀盈䄂"等句,非西汉作品甚明,此其一。(按,此说本洪迈《容斋随笔》论李陵诗语)"游戏宛与洛。洛中何郁郁……长衢罗夹巷,王侯多第宅。两宫遥相望,双阙百余尺",明写洛阳之繁盛,西汉决无此景象。"驱车上东门,遥望郭北墓",上东门为洛城门,郭北墓即北邙,显然东京人语,此其二。此就作品本身觅证,其应属东汉,不应属西汉殆已灼然无疑。然东汉历祚亦垂二百年,究竟当属何时邪?此则在作者本身上无从得证,只能以各时代别的作品旁证推论。刘彦和以"冉冉孤生竹"一首为傅毅作。依我的观察,西汉成帝时,五言已萌芽,傅毅时候也未尝无发生十九首之可能性。但以同时班固《咏史》一篇相较,风格全别,其他亦更无相类之作,则东汉初期——明章之间,似尚未有此体。安顺桓灵以后,张衡、秦嘉、蔡邕、郦炎、赵壹、孔融各有五言作品传世,音节日趋谐畅,格律日趋严整。其时五言体制,已经通行,造诣已经纯熟,非常杰作,理合应时出现。我据此中消息以估十九首之年代大概在西纪一二〇至一七〇约五十年间,比建安黄初略先一期而紧相衔接。所以风格和建安体极相近而其中一部分，钟仲伟且疑为曹王所制也。我所估定若不甚错，那么十九首一派的诗风，并非两汉初期瞥然一现，中间戛然中绝；而建安体亦并非近无所承，突然产生，按诸历史进化的原则，四面八方都说得通了。

十九首第一点特色，在善用比兴。比兴本为诗六义之二，《三百篇》所恒用，《国风》中尤十居七八。降及《楚辞》，美人芳草，几舍比兴无他技焉。汉人尚质，西京尤甚，其作品大率赋体多而比兴少。长篇之赋，专事铺叙无论矣，即间有诗歌，也多半是径情直遂的倾写实感。到十九首才把《国风》《楚辞》的技术翻新来用，专务附物切情，"胡马越鸟""陵柏涧石""江芙泽兰""孤竹女萝"，随手寄兴，辄增妩媚。至如"迢迢牵牛星"一章，纯借牛女作象征，没有一字实写自己情感，而情感已活跃句下。此种作法，和周公的《鸱鸮》一样，实文学界最高超的技术（汉初作品，如高祖之《鸿鹄歌》、刘章之《耕田歌》尚有此种境界，后来便很少了）。

论者或以含蓄蕴藉为诗之唯一作法，固属太偏。然含蓄蕴藉，最少应为诗的要素之一，此则无论何国何时代之诗家，所不能否认也。十九首之价值全在意内言外，使人心醉，其真意思所在，苟非确知其本事，则无从索解，但就令不解，而优饫涵泳，已移我情。即如"迢迢牵牛星"一章不是凭空替牛郎织女发感慨自无待言，最少也是借来写男女恋爱，再进一进是否专写恋爱，抑或更别有寄托，而借恋爱作影子，非问作诗的人不能知道了，虽不知道，然而读起来可以养成我们温厚的情感，引起我们优美的趣味。比兴体的价值全在此，这一诗风到十九首才大成。后来唐人名作率皆如此。宋则盛行于词界，诗界渐少了。

十九首虽不讲究声病，然而格律音节略有定程。大率四句为一解，每一解转一意。其用字平仄相间，按诸王渔洋《古诗声调谱》，殆十有九不可移易。试拿来和当时的歌谣乐府比较，虽名之为汉代的律诗，亦无不可。此种诗格，盖自西汉末五言萌芽之后，经历多少年，才到这纯熟谐美的境界。后此五言诗，虽内容实质屡变，而格调形式，总不能出其范围。

从内容实质上研究十九首，则厌世思想之浓厚——现世享乐主义之讴歌，最为其特色。《三百篇》中之"变风""变雅"，虽忧生念乱之辞不少。至如《山枢》之"且以喜乐，且以永日，宛其死矣，他人入室"此等论调实不多见，大抵太平之世，诗思安和，丧乱之余，诗思惨厉；三百篇中，代表此两种古气象之作品，所在多有。然而社会更有将乱未乱之一境，表面上歌舞欢娱，骨子里已祸机四伏。全社会人汲汲顾影，莫或为百年之计，而但思偷一日之安。在这种时代背景之下，厌世的哲学文学，便会应运而生。依前文所推论十九首为东汉顺桓灵间作品，若所测不谬，那么，正是将乱未乱，极沉闷极不安的时代了。当时思想界，则西汉之平实严正的经术，已渐不足以维持社会，而佛教的人生观,已乘虚而入。(桓灵间安世高、支娄加谶二人所译出佛经,已数十)仲长统《述志诗》,最足表示此中消息。十九首正孕育于此等社会状况之下,故厌世的色彩极浓。"人生天地间,忽如远行客""万岁更相送,圣贤莫能度""所遇无故物,焉得不速老""生年不满百,常怀千岁忧!"此种思想在汉人文学中,除贾谊《鵩鸟赋》外,似未经人道。《鵩鸟赋》不过个人特别性格、特别境遇所产物,十九首则全社会氛围所产物,故感人深浅不同。十九首非一人所作,其中如"奄忽随物化,荣名以为宝"之类,一面浸染厌世思想,一面仍保持儒家哲学平实态度者,虽间有一二,其大部分则皆为《山枢》之"且以喜乐,且以永日",以现世享乐为其结论。"青青陵上柏""今日良宴会""东城高且长""驱车上东门""去者日以疏""生年不满百",诸篇其最著也。他们的人生观出发点虽在老庄哲学,其归宿点则与《列子·杨朱》篇同一论调,不独荣华富贵,功业名誉无所留恋,乃至谷神不死,长生久视等观念,亦破弃无余。"服食求神仙,多为药所误,不如饮美酒,被服纨与素","愚者爱惜费,但为后世嗤,仙人王子乔,难可与等期",真算把这种颓废思想尽情揭穿。他(们)的文辞,既"惊心动魄一字千金",故所诠写的思想,也给后人以极大印象。千余年来,中国文学都带悲观消极气象,《十九首》的作者,怕不能不负点责任哩。

(梁启超《中国之美文及其历史》)

我读《文选》中《古诗十九首》时，尝疑这些诗既无撰人名氏，如何会得流传下来。后读《玉台新咏》（卷一）所载古诗第六首开端云：

　　四座且莫谊，愿听歌一言，请说铜炉器，崔嵬象南山。

乃知流传下来的无名氏古诗亦皆乐府之辞。所谓"四座且莫谊，愿听歌一言"，正与赵德麟《商调蝶恋花》序中所说（奉劳歌伴，先听调格，后听芜词），北观别墅主人夸阳历大鼓书引白所说"把丝弦儿弹起来，就唱这回"相同，都是歌者对于听客的开头语。

（顾颉刚《论诗经所录全为乐歌（中）》，《北京大学研究所国学门周刊》第十一期）

　　五言诗的时代引起了大论战。凡是相信西汉已有五言诗的人无不拿这一首作"南山可移，此案不可移"的定谳。他们不但认为这首作于西汉，而且断定它的年代的的确确在汉武帝太初元年以前。从唐朝起一直到现在都是这样说，间有一二怀疑的人也觉无从平反其狱。

　　他们为什么深信这一首远在汉武未改历以前呢？第一个创为此说的是李善。他看见诗中有"玉衡指孟冬"一语，孟冬是十月，不会有促织秋蝉；因此便认为诗中的孟冬是指汉武未改历的时节，方合上下的意思，故断定此诗作于太初以前。他说：

春秋运斗枢曰："北斗七星，第五曰'玉衡'"，《淮南子》："孟秋之月，招摇指申。"然上云"促织"，下云"秋蝉"，明是汉之孟冬，非夏之孟冬矣。《汉书》曰："高祖十月至霸上，故以十月为岁首。"汉之孟冬，今之七月矣。（《文选》注）

杨慎亦据李注，作了一篇"古诗可考春秋改月之证：……"此外如王士祯的《带经堂诗话》、阎若璩的《尚书古文义证》、何焯的《义门读书记》、朱琰的《文选集释》……都无不以李善的根据为根据——几乎凡是论此诗的人都毫不迟疑地赞同其说。"玉衡指孟冬"便真成为他们的铁证了。

我们考证这一首，不敢人云亦云，我觉得李善的理由是很不充分的。

第一，（略）

第二，孟冬七月是李善的谬说。夏朝建寅，以正月为岁首；商朝建丑，以十二月为岁首；周朝建子，以十一月为岁首：岁首虽各不同，只改正朔，不改月次，无关于四季：四季各有它们的专门意义，不能随便移易的。沈赤然说："殷周时月虽改，凡授时施令，仍以夏时行之，故不害其为建子建丑，使竟以冬为春，以夏为秋，亦复成何世界耶？"（寄傲轩读书随笔）正是这个道理。所以秦朝建亥，以十月为岁首，而《吕氏春秋》所纪孟仲季春夏秋冬仍据夏正；即李善所引《淮南子·时则训》在未改历以前亦未尝不据夏正。这是很不相干的。如何能说"汉之孟冬非夏之孟冬"呢？

第三，《史记》《汉书》明明白白载有历从夏正的赋颂。贾谊在长沙三年，有鵩鸟飞入其舍，止于坐隅。他自恐不寿，乃赋诗以自广。这篇赋开头的两句便是："单阏之岁兮，四月孟冬。"太岁在卯曰"单阏"。那时正当汉文帝六年丁卯，距武帝太初元年正七十年。又如司马相如上《封禅颂》，中云："孟冬十月，君徂郊祀，驰我君舆，帝用享祉。"司马相如卒时在元狩五年，距太初亦前十四年；而且此颂明指孟冬为十月，更是李善注的绝好反证。……至朱珔称引李注，更谓第十二首"岁暮一何速"及第十六首"凛凛岁云暮"为亦用汉正，岂不是梦中说梦吗？

第四，诗中"冬"字是"秋"字之误。孟冬既仍为十月，通篇又全写秋景，自非字有讹误，解释必不可通。此首惜无善本可资校对，但我深信：若得善本，一定是个"秋"字。……元刘履的《选诗补注》论到此句，曾说：

当作"秋"。诗意本平顺，众说穿凿牵引，皆由一字之误。识者详之。《补注四库全书作风雅翼》。（此注见卷一汉诗《古诗十九首》第七首下）

可见误字流传，已有人先我怀疑了。又清朝方廷珪论到这里，也说：

> 善注以孟冬属之七月，谬甚。且下云："孟冬寒气至，北风何惨慄"，亦可属之七月耶？注以九月入十月节气，故有白露秋蝉元鸟。此说是，但"冬"字疑是"秋"字之误。（《文选集成》卷二十三）

方氏是进一步地举出理由来，故直截了当地骂李注是很荒谬。诚然是，若依李注，不但不能解释此诗，连第十七首也不能解释了。这样地能不泥旧说，实不多见。……

（张为骐《古诗明月皎夜光辨伪》，《东方杂志》二十六卷二十二号）

古诗"玉衡指孟冬"就诗中所举物候观之，实为建申之月。此盖沿袭秦正，误信月改春移之说，以申月为十月，认作孟冬。然太初改历以后，汉用寅正，而月改春移之月，太初以前所无。愚谓此诗盖东汉人所作，而诡托汉初者。不知秦人虽改岁首，未改月次，更无以申月为孟冬之可能也。

（邵瑞彭《古诗"玉衡指孟冬"辨伪答张骥伯》，《东方杂志》二十六卷二十二号）

七　日常生活的诗
——萧望卿《陶渊明批评》序

中国诗人里影响最大的似乎是陶渊明、杜甫、苏轼三家。他们的诗集，版本最多，注家也不少。这中间陶渊明最早、诗最少，可是各家议论最纷纭。考证方面且不提，只说批评一面，历代的意见也够歧异，够有趣的。本书《历史的影像》一章颇能扼要的指出这个演变。在这纷纷的议论之下，要自出心裁独创一见是很难的。但这是一个重新估定价值的时代，对于一切传统，我们要重新加以分析和综合，用这时代的语言表现出来。本书批评陶诗，用的正是现代的语言，一鳞一爪，虽然不是全豹，表现着陶诗给予现代的我们的影像。这就与从前人不同了。

文学批评，从前人认为小道。这中间又有分别。就说诗罢，论到诗人身世情志，在小道中还算大方；论到作风以及篇章字句，那就真是"玩物丧志"了。这种看法原也有它正大的理由。

但诗人的情和志,主要地还是表现在篇章字句中,一概抹杀,那情和志便成了空中楼阁,难以捉摸了。我们这时代,认为文学批评是生活的一部门,该与文学作品等量齐观。而"条条路通罗马",从作家的身世情志也好,从作品以至篇章字句也好,只要能以表现作品的价值,都是文学批评之一道。兼容并包,才真能成其为大。本书二三章专论陶诗的作品和艺术,不厌其详。从前人论陶诗,以为"质直""平淡",就不从这方面钻研进去。但"质直""平淡"也有个所以然,不该含糊了事。本书详人所略,便是向这方面努力,要完全认识陶渊明,这方面的努力是不可少的。

　　陶渊明的创获是在五言诗,本书说:"到他手里,才是更广泛的将日常生活诗化",又说他"用比较接近说话的语言",是很得要领的。陶诗显然接受了玄言诗的影响,玄言诗虽然抄袭《老》《庄》,落了套头,但用的似乎正是"比较接近说话的语言"。因为只有"比较接近说话的语言",才能比较的尽意而入玄;骈俪的词句是不能如此直截了当的。那时固然是骈俪时代,然而未尝不重"接近说话的语言"。《世说新语》那部名著便是这种语言的记录。这样看陶渊明用这种语言来作诗,也就不是奇迹了。他之所以超过玄言诗,却在他摆脱那些《老》《庄》的套头,而将自己日常生活化人诗里。钟嵘评他为"隐逸诗人之宗",断章取义,这句话是足以表明渊明的人和诗的。

至于他的四言诗,实在无甚出色之处。历来评论者推崇他的五言诗,因而也推崇他的四言诗,那是有所蔽的偏见。本书论四言诗一章,大胆地打破了这种偏见,分别详尽的评价各篇的诗,结论虽然也有与前人相合的,但全章所取的却是一个新态度。这一章是值得大书特书的。

(天津《民国日报》,一九四六年)

八 《唐诗三百首》指导大概

有些人生病的时候或烦恼的时候，拿过一本诗来翻读，偶尔也朗吟几首，便会觉得心上平静些，轻松些。这是一种消遣，但跟玩骨牌和纸牌等等不同，那些大概只是碰碰运气。跟读笔记一类书也不同，那些书可以给人新的知识和趣味，但不直接调平情感。读小说在这些时候大概只注意在故事上，直接调平情感的效用也不如诗。诗是抒情的，直接诉诸情感，又是节奏的，同时直接诉诸感觉，又是最经济的，语短而意长。具备这些条件，读了心上容易平静轻松，也是自然。自来说，诗可以陶冶性情，这句话不错。

但是诗决不只是一种消遣，正如笔记一类书和小说等不是的一样。诗调平情感，也就是节制情感。诗里的喜怒哀乐跟实生活里的喜怒哀乐不同，这是经过"再团再炼再调和"的。诗人正在喜怒哀乐的时候，决想不到作诗。必得等到他的情感平静了，他才会吟味那平静了的情感想到作诗，于是乎运思造句，作成他的诗，这才可以供欣赏。要不然，大笑狂号只教人心紧，有什么可欣赏的呢？读诗所欣赏的便是诗里所表现的那些平静了的情感。假如是好诗，说的即使怎样可气可哀，我们还是不厌百回读的。在实生活里便不然，可气可哀的事我们大概不愿重提。这似乎是有私、无私或有我无我的分别，诗里无我，实生活里有我。别的文学类型也都有这种情形，不过诗里更容易见出。读诗的人直接吟味那无我的情感，欣赏它的发而中节，自己也得到平静，而且也会渐渐知道节制自己的情感。一方面因为诗里的情感是无我的，欣赏起来得设身处地，替人着想。这也可以影响到性情上去。节制自己和替人着想这两种影响都可以说是人在模仿诗。诗可以陶冶性情，便是这个意思。所谓温柔敦厚的诗教，也只该是这个意思。

部定初中国文课程标准"目标"里有"养成欣赏文艺之兴趣"一项，略读教材里有"有注释之诗歌选本"一项。高中国文课程标准"目标"里又有"培养学生欣赏中国文学名著之能力"一项，关于略读教材也有"选读整部或选本之名著"的话。欣赏文艺，欣赏中国文学名著，都不能忽略读诗。读诗家专集不如读歌选本，读选本虽只能"尝鼎一脔"，却能将各家各派鸟瞰一番；这在中学生是最适宜的，也最需要的。有特殊选本，有一般的选本。按着特殊的做派选的是前者，按着一般的品味选的是后者。

中学生不用说该读后者。《唐诗三百首》正是一般的选本。这部诗选很著名，流行最广，从前是家弦户诵的书，现在也还是相当普遍的书。但这部选本并不成为古典；它跟《古文观止》一样，只是当年的童蒙书，等于现在的小学用书。不过在现在的教育制度下，这部书给高中学生读才合式。无论它从前的地位如何，现在它却是高中学生最合式的一部诗歌选本。唐代是诗的时代，许多大诗家都在这时代出现，各种诗体也都在这时代发展。这部书选在清代中叶，入选的差不多都是经过一千多年淘汰的名作，差不多都是历代公认的好诗。虽然以明白易解为主，并限定诗篇的数目，规模不免狭窄些，却因此成为道地的一般的选本，高中学生读这部书，靠着注释的帮忙，可以吟味欣赏，收到陶冶性情的益处。

本书是清乾隆间一位别号"蘅塘退士"的人编选的。卷头有《题辞》，末尾记着"时乾隆癸未年春日，蘅塘退士题"。乾隆癸未是公元一七六三年，到现在快一百八十年了。有一种刻本"题"字下押了一方印章，是"孙洙"两字，也许是选者的姓名。孙洙的事迹，因为眼前书少，还不能考出、印证。这件事只好暂时存疑。《题辞》说明编选的旨趣，很简短，抄在这里：

世俗儿童就学，即授《千家诗》，取其易于成诵，故流传不废。但其诗随手掇拾，工拙莫辨。且五七言律绝二体，而唐宋人又杂出其间,殊乖体制。因专就唐诗中脍炙人口之作择其尤要者,每体得数十首,共三百余首,录成一编,为家塾课本。俾童而习之,白首亦莫能废。较《千家诗》不远胜耶?谚云,"熟读唐诗三百首,不会吟诗也会吟",请以是编验之。

这里可见本书是断代的选本,所选的只是"唐诗中脍炙人口之作",就是唐诗中的名作。而又只是"择其尤要者",所以只有三百余首,实数是三百一十首。所谓"尤要者"大概着眼在陶冶性情上。至于以明白易解的为主,是"家塾课本"的当然,无须特别提及。本书是分体编的,所以说"每体得数十首"。引谚语一方面说明为什么只选三百余首。但编者显然同时在模仿"三百篇",《诗经》三百零五篇,连那有目无诗的六篇算上,共三百一十一篇;本书三百一十首,绝不是偶然巧合。编者是怕人笑他僭妄,所以不将这番意思说出。引谚语另一方面叫人熟读,学会吟诗。我们现在也劝高中学生熟读,熟读才真是吟味,才能欣赏到精微处。但现在无须再学作旧体诗了。

本书流传既广,版本极多。原书有注释和评点,该是出于编者之手。注释只注事,颇简当,但不释义。读诗首先得了解诗句的文义;不能了解文义,欣赏根本说不上。书中各诗虽然比较明白易懂,又有一些注,但在初学还不免困难。书中的评,在诗的行旁，多半指点作法，说明作意，偶尔也品评工拙。点只有句圈和连圈，没有读点和密点——密点和连圈都表示好句和关键句，并用的时候，圈的比点的更重要或更好。评点大约起于南宋，向来认为有伤雅道，因为妨碍读者欣赏的自由，而且免不了成见或偏见。但是谨慎的评点对于初学也未尝没有用处。这种评点可以帮助初学了解诗中各句的意旨并培养他们欣赏的能力。本书的评点似乎就有这样的效用。

但是最需要的还是详细的注释。道光间，浙江省建德县（？）人章燮鉴于这个需要，便给本书作注，成《唐诗三百首注疏》一书。他的自跋作于道光甲午，就是公元一八三四年，离蘅塘退士题辞的那年是七十一年。这注本也是"为家塾子弟起见"，很详细。有诗人小传，有事注，有意疏，并明作法，引评语；其中李白诗用王琦《李太白集注》，杜甫诗用仇兆鳌《杜诗详注》。原书的旁评也留着，但连圈没有——原刻本并句圈也没有。书中还增补了一些诗，却没有增选诗家。以注书的体例而论，这部书可以说是驳杂不纯，而且不免烦琐疏漏附会等毛病。书中有"子墨客卿"（名翰，姓不详）的校正语十来条，都确切可信。但在初学，这却是一部有益的书。这部书我只见过两种刻本。一种是原刻本。另一种是坊刻本，四川常见。这种刻本有句圈，书眉增录各家评语，并附道光丁酉（公元一八三七）印行的江苏金坛于庆元的《续选唐诗三百首》。读《唐诗三百首》用这个本子最好。此外还有商务印书馆铅印本《唐诗三百首》，根据蘅塘退士的原本而未印评语。又，世界书局石印《新体广注唐诗三百首读本》，每诗后有"注释"和"作法"两项。"注释"注事比原书详细些；兼释字义，却间有误处。"作法"兼说明作意，还得要领。卷首有"学诗浅说"，大致简明可看。书中只绝句有连圈，别体只有句圈；绝句连圈处也跟原书不同，似乎是抄印时随手加上，不足凭信。

本书编配各体诗，计五言古诗三十三首，乐府七首，七言古诗二十八首，乐府十四首，五言律诗八十首，七言律诗五十首，乐府一首，五言绝句二十九首，乐府八首，七言绝句五十一首，乐府九首，共三百一十首。五言古诗和乐府，七言古诗和乐府，两项总数差不多。五言律诗的数目超出七言律诗和乐府很多；七言绝句和乐府却又超出五言律诗和乐府很多。这不是编者的偏好，是反映着唐代各体诗发展的情形。五言律诗和七言绝句作的多，可选的也就多。这一层下文还要讨论。五、七、古、律、绝的分别都在形式，乐府是题材和作风不同。乐府也等下文再论，先说五七古律绝的形式。这些又大别为两类：古体诗和近体诗。五七言古诗属于前者，五七言律绝属于后者。所谓形式，包括字数和声调（即节奏），律诗再加上对偶一项。五言古诗全篇五言句，七言古诗或全篇七言句，或在七言句当中夹着一些长短句。如李白《庐山谣》开端道：

> 我本楚狂人，狂歌笑孔丘。
> 手持绿玉杖，朝别黄鹤楼。
> 五岳寻山不辞远，一生好入名山游。

又如他的《宣州谢朓楼饯别校书叔云》开端道：

> 弃我去者昨日之日不可留，乱我心者今日之日多烦忧。
> 长风万里送秋雁，对此可以酣高楼。

这些都是五七言古诗。五七古全篇没有一定的句数。古近体诗都得用韵，通常两句一韵，押在双句末字；有时也可以一句一韵，开端时便多如此。上面引的第一例里"丘""楼""游"是韵，两句间见；第二例里"留"和"忧"是逐句韵，"忧"和"楼"是隔音韵。古体诗的声调比较近乎语言之自然，七言更其如此，只以读来顺口听来顺耳为标准。但顺口顺耳跟着训练的不同而有等差，并不是一致的。

近体诗的声调却有一定的规律；五七言绝句还可以用古体诗的声调，律诗老得跟着规律走。规律的基础在字调的平仄，字调就是平上去入四声，上去入都是仄声。五七言律诗基本的平仄式之一如次：

五律

仄仄平平仄　平平仄仄平
平平平仄仄　仄仄仄平平
仄仄平平仄　平平仄仄平
平平平仄仄　仄仄仄平平

七律

平平仄仄仄平平　仄仄平平仄仄平
仄仄平平平仄仄　平平仄仄仄平平
平平仄仄平平仄　仄仄平平仄仄平
仄仄平平平仄仄　平平仄仄仄平平

即使不懂平仄的人也能看出律诗是两组重复、均齐的节奏所构成，每组里又自有对称、重复、变化的地方。节奏本是异中有同，同中有异，律诗的平仄式也不外这个理。即使不懂平仄的人只默诵或朗吟这两个平仄式，也会觉得顺口顺耳；但这种顺口顺耳是音乐性的，跟古体诗不同，正和语言跟音乐不同一样。律诗既有平仄式，就只能有八句，五律是四十字，七律是五十六字——排律不限句数，但本书里没有。绝句的平仄式照律诗减半——七绝照七律的前四句——就是只有一组节奏。这里所举的平仄式只是最基本的，其中有种种重复的变化。懂得平仄的自然渐渐便会明白。不懂平仄的，只要多读，熟读，多朗吟，也能欣赏那些声调变化的好处，恰像听戏多的人不懂板眼也能分别唱的好坏，不过不大精确就是了。四声中国人人语言中有，但要辨别某字是某声，却得受过训练才成。从前的训练是对对子跟读四声表，都在幼小的时候。现在高中学生不能辨别四声也就是不懂平仄的，大概有十之八九。他们若愿意懂，不妨试读四声表。这只消从《康熙字典》卷首附载的《等韵切音指南》里选些容易读的四声如"巴把霸捌""庚梗更格"之类，得闲就练习，也许不难一旦豁然贯通（中华书局出版的《学诗入门》里有一个四声表，似乎还容易读出，也可用）。律诗还有一项规律，就是中四句得两两对偶，这层也在下文论。

　　初学人读诗，往往给典故难住。他们一回两回不懂，便望而生畏，因畏而懒，这会断了他们到诗去的路。所以需要注释。但典故多半只是历史的比喻和神仙的比喻；用典故跟用比喻往往是一个理，并无深奥可畏之处。不过比喻多取材于眼前的事物，容易了解些罢了。广义的比喻连典故在内，是诗的主要的生命素；诗的含蓄、诗的多义、诗的暗示力，主要的建筑在广义的比喻上。那些取材于经验和常识的比喻——一般所谓比喻只指这些——可以称为事物的比喻，跟历史的比喻、神仙的比喻是鼎足而三。这些比喻（广义，后同）都有三个成分：一、喻依；二、喻体；三、意旨。喻依是作比喻的材料，喻体是被比喻的材料，意旨是比喻的用意所在。先从事物的比喻说起。如"天边树若荠"（五古，孟浩然，《秋登兰山寄张五》），荠是喻依，天边树是喻体，登山望远树，只如荠菜一般，只见树的小和山的高，是意旨。意旨却没有说出。又，"今朝此为别，何处还相遇？世事波上舟，沿洄安得住！"（五古，韦应物，《初发扬子寄元大校书》）世事是喻体，沿洄不得住的波上舟是喻依，惜别难留是意旨——也没有明白说出。又，"吴姬压酒劝客尝"（七古，李白，《金陵酒肆留别》），当垆是喻体，压酒是喻依，压酒的"压"和所谓"压装"的"压"用法一样，压酒是使酒的分量加重，更值得"尽觞"（原诗，"欲行不行各尽觞"）。吴姬当垆，助客酒兴是意旨。这里只说出喻依。又，"辞严义密读难晓，字体不类隶与蝌。年深岂免有缺画？快剑斫断生蛟鼍。鸾翔凤翥众仙下，珊瑚碧树交枝柯，金绳铁索锁纽壮，古鼎跃水龙腾梭"（七古，韩愈，《石鼓歌》）。"快剑"以下五句都是描写石鼓的字体的。这又分两层。第一，专描写残缺的字。缺画是喻体，"快剑"句是喻依，缺画依然劲挺有生气是意旨。第二，描写字体的一般。字体便是喻体，"鸾翔"以下四句是五个喻依——"古鼎跃水"跟"龙腾梭"各是一个喻依。意旨依次是隽逸、典丽、坚壮、挺拔——末两个喻依只一个意旨——都指字体而言，却都未说出。又，

"大弦嘈嘈如急雨,小弦切切如私语;嘈嘈切切错杂弹,大珠小珠落玉盘。间关莺语花底滑,幽咽泉流冰下难"(原作"水下滩",依段玉裁说改——七古,白居易,《琵琶行》)。这几句都描写琵琶的声音。大弦嘈嘈跟小弦切切各是喻体,急雨跟私语各是喻依,意旨一个是高而急,一个是低而急。"嘈嘈"句又是喻体,"大珠"句是喻依,圆润是意旨。"间关"二句各是一个喻依,喻体是琵琶的声音;前者的意旨是明滑,后者是幽涩。头两层的意旨未说出,这一层喻体跟意旨都未说出。事物的比喻虽然取材于经验和常识,却得新鲜,才能增强情感的力量;这需要创造的功夫。新鲜还得入情入理,才能让读者消化;这需要雅正的品味。

有时全诗是一套事物的比喻,或者一套事物的比喻渗透在全诗里。前者如朱庆余《近试上张水部》:

洞房昨夜停红烛,待晓堂前拜舅姑。
妆罢低声问夫婿,"画眉深浅入时无?"(七绝)

唐代士子应试,先将所作的诗文呈给在朝的知名人看。若得他赞许宣扬,登科便不难。宋人诗话里说,"庆余遇水部郎中张籍,因索庆余新旧篇什,寄之怀袖而推赞之,遂登科"。这首诗大概就是呈献诗文时作的。全诗是新嫁娘的话,她在拜舅姑以前问夫婿,画眉深浅合式否?这是喻依。喻体是近试献诗文给人,朱庆余是在应试以前问张籍,所作诗文合式否?新嫁娘问画眉深浅,为的请夫婿指点,好让舅姑看得入眼。朱庆余问诗文合式与否,为的请张籍指点,好让考官看得入眼。这是全诗的主旨。又,骆宾王《在狱咏蝉》:

> 西陆蝉声唱,南冠客思深。
> 那堪玄鬓影,来对白头吟。
> 露重飞难进,风多响易沉。
> 无人信高洁,谁为表予心!(五律)

这是闻蝉声而感身世。蝉的头是黑的,是喻体,玄鬓影是喻依,意旨是少年时不堪回首。"露重"一联是蝉,是喻依,喻体是自己,身微言轻的是意旨。诗有长序,序尾道:"庶情沿物应,哀弱羽之飘零,道寄人知,悯余声之寂寞"正指出这层意旨。"高洁"是蝉,也是人,是自己;这个词是双关的,多义的。又,杜甫《古柏行》(七古)咏夔州武侯庙和成都武侯祠的古柏,作意从"君臣已与时际会,树木犹为人爱惜"二语见出。篇末道:

> 大厦如倾要梁栋,万牛回首丘山重。
> 不露文章世已惊,未辞剪伐谁能送?

苦心岂免容蝼蚁？香叶终经宿鸾凤。
志士幽人莫怨嗟，古来材大难为用。

　　大厦倾和梁栋虽已成为典故，但原是事物的比喻。两者都是喻依。前者的喻体是国家乱；大厦倾会压死人，国家乱人民受难，这是意旨。后者的喻体是大臣，梁栋支柱大厦，大臣支持国家，这是意旨。古柏是栋梁材，虽然"不露文章世已惊"，也乐意供世用，但是太重了，太大了，谁能送去供用呢？无从供用，渐渐心空了，蚂蚁爬进去了；但是"香叶终经宿鸾凤"，它的身份还是高的。这是喻依。喻体是怀才不遇的志士幽人。志士幽人本有用世之心，但是才太大了，无人真知灼见，推荐入朝。于是贫贱衰老，为世人所揶揄，但是他们的身份还是高的。这是材大难为用，是意旨。

　　典故只是故事的意思。这所谓故事包罗的却很广大。经史子集等等可以说都是的；不过诗文里引用，总以常见的和易知的为主。典故有一部分原是事物的比喻，有一部分是事迹，另一部分是成辞。上文说典故是历史的比喻和神仙的比喻，是专从诗文的一般读者着眼，他们觉得诗文里引用史事和神话或神仙故事的地方最困难。这两类比喻都应该包括着那三部分。如前节所引《古柏行》里的"大厦如倾要梁栋"，"大厦之倾，非一木所支"，见《文中子》；"栝柏豫章虽小，已有栋梁之器"，是袁粲叹美王俭的话，见《晋书》。大厦倾和梁栋都是历史的比喻，同时可还是事物的比喻。又，"乾坤日夜浮"（五律，杜甫，《登岳阳楼》是用《水经注》）。《水经注》道："洞庭湖广五百里，日月若出没其中。"乾坤是喻体，日夜浮是喻依。天地中间好像只有此湖；湖盖地，天盖湖，天地好像只是日夜飘浮在湖里。洞庭湖的广大是意旨。又，"古调虽自爱，今人多不弹"（五绝，刘长卿，《弹琴》），用魏文侯听古乐就要睡觉的话，见《礼记》。两句是喻依，世人不好古是喻体，自己不合时宜是意旨。这三例不必知道出处便能明白；但知道出处，句便多义，诗味更厚些。

引用事迹和成辞不然，得知道出处，才能了解正确。如"圣处无隐者，英灵尽来归。遂令东山客，不得顾采薇"（五古，王维，《送綦毋潜落第还乡》）。谢安曾隐居会稽东山。东山客是喻依，喻体是綦毋潜，意旨是大才隐处。采薇是伯夷、叔齐的故事，他们义不食周粟，隐于首阳山，采薇而食。采薇是喻依，隐居是喻体，自甘淡泊是意旨。又，"客心洗流水"（五律，李白，《听蜀僧濬弹琴》），流水用俞伯牙、钟子期的故事，俞伯牙弹琴，志在流水。钟子期就听出了，道："洋洋乎，若江河！"诗句是倒装，原是说流水洗客心。流水是喻依，喻体是蜀僧濬的琴曲，意旨是曲调高妙。洗流水又是双关的，多义的。洗是喻依，净是喻体，高妙的琴曲涤净客心的俗虑的意旨。洗流水又是喻依，喻体是客心；听琴而客心清净，像流水洗过一般，是意旨。又，钱起《送僧归日本》(五律)道:"……浮天沧海远,去世法舟轻。……惟怜一灯影,万里眼中明。"一灯影用《维摩经》。经里道:"有法门,名无尽灯。譬如一灯燃百千灯,冥者皆明,明终不尽。夫一菩萨开导千百众生,令发阿耨多罗三藐三菩提心(译言'无上正等正觉心'),其于道意亦不灭尽。是名无尽灯。"这儿一灯是喻依,喻体是觉者;一灯燃千百灯,一觉者造成千百觉者,道意不灭的是意旨。但在诗句里,一灯影却指舟中禅灯的光影,是喻依,喻体是那日本僧,意旨是他回国传法,辗转无尽。——"惟怜"是"最爱"的意思。又,"后来鞍马何逡巡,当轩下马入锦茵。杨花雪落覆白苹,青鸟飞去衔红巾。炙手可热势绝伦,慎莫近前丞相嗔"!(七古,乐府,杜甫,《丽人行》)全诗咏三月三日长安水边游乐的情形,以杨国忠兄妹为主。诗中上文说到虢国夫人和秦国夫人,这几句说到杨国忠——他那时是丞相。"杨花"二语正是暮春水边的景物。但是全诗里只在这儿插入两句景语,奇特的安排暗示别有用意。北魏胡太后私通杨华作《杨白花歌辞》,有"杨花飘荡落南家""愿衔杨花入窠里"等语。白苹,旧说是杨花入水所化。杨国忠也和虢国夫人私通。"杨花"句一方面是个喻依,喻体便是这件事实。杨国忠兄妹相通,都是杨家人,所以用杨花覆白苹为喻,暗示讥刺的意旨。青鸟是西王母传书带信的侍者。当时总该有些侍婢是给那兄妹二人居间。"青鸟"句一方面也是喻依,喻体便是这些居间的侍婢,意旨还是讥刺杨国忠不知耻。

青鸟是神仙的比喻。这两句隐约其辞，虽志在讥刺，而言之者无罪。又杜甫《登楼》（七律）：

> 花近高楼伤客心，万方多难此登临。
> 锦江春色来天地，玉垒浮云变古今。
> 北极朝廷终不改，西山寇盗莫相侵。
> 可怜后主还祠庙，日暮聊为《梁父吟》。

旧注说本诗是代宗广德二年在成都作。元年冬，吐蕃陷京师，郭子仪收复京师，请代宗反正。所以有"北极"二句。本篇组织用赋体，以四方为骨干。锦江在东，玉垒山在西，"北极"二句是北眺所思。当时后主附祀先主庙中，先主庙在成都城南。"可怜"二句正是南瞻所感（罗庸先生说，见《国文月刊》九期）。可怜后主还有祠庙，受祭享；他信任宦官，终于亡国，辜负了诸葛亮出山一番。《三国志》里说"亮躬耕陇亩，好为《梁父吟》"，《梁父吟》的原辞不传（流传的《梁父吟》绝不是诸葛亮的《梁父吟》），大概慨叹小人当道。这二语一方面又是喻依，喻体是代宗和郭子仪；代宗也信任宦官，杜甫希望他"亲贤臣，远小人"（诸葛亮《出师表》中语），这是意旨。"日暮"句又是一喻依，喻体是杜甫自己；想用世是意旨。又，"今朝郡斋冷，忽念山中客。涧底束荆薪，归来煮白石"（五古，韦应物，《寄全椒山中道士》），煮白石用鲍靓事。《晋书》:"靓学兼内外,明天文河洛书。尝入海,遇风,饥甚,取白石煮食之。"煮白石是喻依,喻体是那山中道士,他的清苦生涯是意旨。这也是神仙的比喻。又,"总为浮云能蔽日,长安不见使人愁"(七律,李白,《登金陵凤凰台》),两句一贯,思君的意思似甚明白。但乐府《古杨柳行》道,"谗邪害公正,浮云冷白日",古句也道,"浮云蔽白日,游子不顾反",本诗显然在引用成辞。陆贾《新语》说:"邪官之蔽贤,犹浮云之障日月。"本诗的"浮云能蔽日"一方面也是喻依,喻体大概是杨国忠等遮塞贤路。意旨是邪臣蔽君误国;所以有"长安"句。历史的比喻和神仙的比喻引用故事,得增减变化,才能新鲜入目。宋人所谓"以旧换新",便是这意思。所引各例可见。

典故渗透全诗的,如孟浩然《临洞庭上张丞相》(五律):

八月湖水平,涵虚混太清。
气蒸云梦泽,波撼岳阳城。
欲济无舟楫,端居耻圣明。
坐观垂钓者,徒有羡鱼情。

张丞相是张九龄,那里在荆州。前四语描写洞庭湖,三四是名句。后四语蝉联而下,还是就湖说,只"端居"句露出本意,这一语便是《论语》"邦有道,贫且贱焉,耻也"的意思。"欲济"

句一方面说想渡湖上荆州去，却没有船，一方面是一喻依。伪《古文尚书·说命》殷高宗命傅说道，若济巨川，"用汝作舟楫"。本诗用这喻依，喻体却是欲用世而无引进的人，意旨是希望张丞相援手。"坐观"二语是一喻依。《汉书》用古人语，"临渊羡鱼，不如退而结网"。本诗里网变为钓。这一联的喻体是羡人出仕而得行道。自己无钓具，只好羡人家钓得鱼，自己不得仕，只好羡人家行道。意旨同上。

全诗用典故最多的，本书中推杜甫《寄韩谏议注》一首（七古）：

今我不乐思岳阳，身欲奋飞病在床。
美人娟娟隔秋水，濯足洞庭望八荒。
鸿飞冥冥日月白，青枫叶赤天雨霜。
玉京群帝集北斗，或骑麒麟翳凤凰。
芙蓉旌旗烟雾落，影动倒景摇潇湘。
星宫之君醉琼浆，羽人稀少不在旁。
似闻昨者赤松子，恐是汉代韩张良。
昔随刘氏定长安，帷幄未改神惨伤。
国家成败吾岂敢，色难腥腐餐枫香。
周南留滞古所惜，南极老人应寿昌。
美人胡为隔秋水！焉得置之贡玉堂！

韩谏议的名字事迹无考。从诗里看，他是楚人，住在岳阳。肃宗平定安史之乱，收复东西京，他大约也是参与机密的一人。后来去官归隐，修道学仙。这首诗是爱惜他，思念他。第一节说思念他，是秋日，自己是在病中。美人这喻依见《楚辞》，但在这儿喻体是韩谏议，意旨是他才能出众。"鸿飞冥冥，弋人何篡焉！"见扬雄《法言》。这儿一方面描写秋天的实景，一方面是喻依；喻体还是韩谏议，意旨是他已逃出世网。第二节说京师贵官声势煊赫，而韩谏议不在朝。本节差不多全是神仙的比喻，各有来历。"玉京"句一喻依，喻体是集于君侧的朝廷贵官，意旨是他们承君命掌大权。"或骑"二语一套喻依——"烟雾落"就是落在烟雾中，喻体同上句，意旨是他们的骑从仪卫之盛。影是芙蓉旌旗的影。"影动"句一喻依，喻体是声势煊赫，从京师传遍天下，意旨是在潇湘的韩谏议也必闻知这种声势。星宫之君就是玉京群帝，醉琼浆的喻体是宴饮，意旨是征逐酒食。羽人是飞仙，羽人稀少就是稀少的羽人；全句一喻依，喻体是一些远隐的臣僚不在这繁华场中，意旨是韩谏议没有分享到这种声势。第三节说韩谏议曾参与定乱收京大计，如今却不问国事，修道学仙。全节是神仙的比喻夹着历史的比喻。昨者是从前的意思。如今的赤松子，昨者"恐是汉代韩张良"。韩张良的跟赤松子的喻体都是韩谏议，前者的意旨是他有谋略，后者的意旨是他修道学仙。别的喻依可以准此类推下去。第四节说他闲居不出很可惜，祝他老寿，希望朝廷再起用他来匡君济世。太史公司马谈因病留滞周南，不得参与汉武帝的封禅大典，引为平生恨事。诗中"周南留滞"是喻依，喻体是韩谏议，意旨是他闲居乡里。南极老人就是寿星，是喻依，喻体同，意旨便是"应寿昌"。以上只阐明大端，细节从略。

诗和文的分别，一部分是在词句篇段的组织上，诗的组织比文的组织要经济些。引用比喻或典故，一个原因便是求得经济的组织。在旧体诗里，有字数声调对偶等制限，有时更不得不铸造一些特别经济的组织来适应。这种特殊的组织在文里往往没有，至少不常见。初学遇到这种地方也感困难，或误解，或竟不懂。这得去看详细的注释。但读诗多了，常常比较着看，也可明白。这种特殊的组织也常利用比喻或典故组成，那便更复杂些。如刘长卿《送李中丞归汉阳别业》(五律)：

> 流落征南将，曾驱十万师。
> 罢归无旧业，老去恋明时。
> 独立三边静，轻生一剑知。
> 茫茫江汉上，日暮欲何之！

"轻生一剑知"就是一剑知轻生的意思；轻生是说李中丞作征南将时不顾性命杀敌人。一剑知就是自己知；剑是杀敌所用，是自己的一部分，部分代全体是修辞格之一。自己知又有两层用意：一是问心无愧，忠可报君；二是只有自己知，别人不知。上下文都可印证。又，"即此羡闲逸，怅然吟式微"（五古，王维，《渭川田家》），式微用《诗经》。《式微》篇道："式微，式微，胡不归！"本诗的《式微》是篇名，指的是这篇诗。吟《式微》，只是取"胡不归"那一语，用意是"何不归田呢"。又，"惟将迟暮供多病，未有涓埃答圣朝"（七律，杜甫，《野望》），"恐美人之迟暮"见《楚辞》，迟暮是老大无成的意思。"惟将"句是说自己已老大，不曾有所建树报答圣朝，加上迟暮的年光又都消磨在多病里，虽然"海内风尘"（见本诗第三句），却丝毫的力量也不能尽。"供"是喻依，杜甫自己是喻体，消磨在里面是意旨。这三例都是用辞格（也是一种比喻）或典故组成的。又如李颀《送陈章甫》（七古）末尾道："闻道故林相识多，罢官昨日今如何？"昨日罢官，想到就要别了许多朋友归里，自然不免一番寂寞；但是"闻道故林相识多"，今日临行，想到就要会见着那些故林相识的朋友，又觉如何呢？——该不会寂寞了吧？昨今对照，用意是安慰。——昨日是日前的意思。又刘长卿《寻南溪常道士》：

一路经行处，莓苔见屐痕。
白云依静渚，芳草闭闲门。

>过雨看松色，随山到水源。
>溪花与禅意，相对亦忘言。

去寻常道士，他不在寓处；"随山到水源"才寻着。对着南溪边的花和常道士的禅意，却不觉忘言。相对是和"溪花与禅意"相对着。禅意给人妙悟，溪花也给人妙语——禅家有拈花微笑的故事，那正是妙悟的故事——所以说"与"。妙悟是忘言的。寻着了常道士，却被溪花与禅意吸引住！只顾欣赏那无言之美，不想多交谈，所以说"亦"忘言。又，韦应物《送杨氏女》（五古），是送女儿出嫁杨家，前面道："女子今有行，大江溯轻舟。尔辈苦无恃，抚念益慈柔。幼为长所育，两别泣不休。"篇尾道："归来视幼女，零泪缘缨流。"全诗不曾说出杨氏女是长女，但读了这几句关系自然明白。

倒装这特殊的组织，诗里也常见。如"竹喧归浣女，莲动下渔舟"（五律，王维，《山居秋暝》），"归浣女""下渔舟"就是浣女归，渔舟下。又，"家书到隔年"（五律，杜牧，《旅宿》）就是家书隔年到。又，"东门酤酒饮我曹"（七古，李颀，《送陈章甫》），"饮我曹"就是我曹饮，从上下文可知。又，"名岂文章著，官应老病休"（五律，杜甫，《旅夜书怀》），就是文章岂著名，老病应休官。又，"幽映每白日"（五律，刘脊虚，《阙题》），就是白日每幽映。又，"徒劳恨费声"（五律，李商隐，《蝉》），就是费声恨徒劳。又，"竹怜新雨后，山爱夕阳时"（五律，钱起，《谷口书斋寄杨补阙》）就是怜新雨后之竹，爱夕阳时之山——怜爱之意。又，"独夜忆秦关，听钟未眠客"（五古，韦应物，《夕次盱眙县》）就是听钟未眠客，独夜忆秦关。这些倒装句里纯然为了适应字数声调对偶等制限的却没有，它们主要的作用还在增强语气。此外如"何因不归去，淮山对秋山？"（五律，韦应物，《淮上喜会梁州故人》）这是诘问自己，"何因"直贯下句，二语合为一句。这也是为了经济的缘故。——至如"少陵无人谪仙死"（七古，韩愈，《石鼓歌》），"无人"也就是"死"。这是求新，求惊人。又，"百年多是几多时"（七律，元稹，《遣悲怀》之三），是说百年虽多，究竟又有多少时候呢？这也许是当时口语的调子。又如"云中君不见"（五律，马戴，《楚江怀古》），云中君是一个词，这句诗上三字下二字，跟一般五言句上二下三的不同，但似乎只是个无意为之的例外，跟古诗里"出郭门直视"一般。可是如"永夜角声悲自语，中天月色好谁看"（七律，杜甫，《宿府》），"五更鼓角声悲壮，三峡星河影动摇"（七律，杜甫，《阁夜》），都是上五下二，跟一般七言句上四下三或上二下五的不同；又，"近寒食雨草萋萋，著麦苗风柳映堤"（七绝，无名氏，《杂诗》），每句上四字作一二一，而一般作二二或三一。这些都是有意变调求新了。

　　本书选诗，各方面的题材大致都有，分配又匀称，没有单调或琐屑的弊病。这也是唐代生活小小的一个缩影。可是题材的内容虽反映着时代，题材的项目却多是汉魏六朝诗里所已有。只有音乐图画似乎是新的。赋里有以音乐为题材的，但晋以来就少。唐代音乐图画特别发达，反映到诗里，便增加了题材的项目。这也是时势使然。在各种题材里，"出处"是一重大的项目。从前读书人唯一的出路是出仕，出仕为了行道，自然也为了衣食。出仕以前的隐居、干谒、应试（落第）等，出仕以后的恩遇、迁谪，乃至忧民、忧国、思林栖、思归田等，乃至真个辞官归田，都是常见的诗的题目，本书便可作例。仕君行道是儒家的思想，隐居和归田都是道家的思想。儒道两家的思想合成了从前的读书人。但是现在时势变了，读书人不一定出仕，林栖、归田等思想也绝无仅有。有些人读这些诗，也许会觉得不真切，青年学生读书，往往只凭自己的狭隘的兴趣，更容易有此感。但是会读诗的人，多读诗的人能够设身处地，替古人着想，依然觉得这些诗真切。这是情感的真切，不是知识的真切。这些人不但对于现在有情感，对于过去也有情感。他们知道唐人的需要，唐人的得失，和现代人不一样，可是在读唐诗的时候，只让那对于过去的情感领着走；这种无私，无我，无关心的同情教他们觉到这些诗的真切。这种无关心的情感需要慢慢调整自己，扩大自己，才能养成。多读史，多读诗，是一条修养的途径，就是那些比较有普遍性的题材，如相思、离别、慈幼、慕亲、友爱等也还是需要无关心的情感。这些题材的节目多少也跟着时代改变一些，固执"知识的真切"的人读古代的这些诗，有时也不能感到兴趣。

　　至于咏古之作，如唐玄宗《经鲁祭孔子而叹之》（五律），是古人敬慕古人，纪时之作；如李商隐《韩碑》（七古），是古人论当时事。虽然我们也敬慕孔子，替韩愈抱屈，但知识地看，古人总隔一层。这些题材的普遍性比前一类低些，不过还在"出处"那项目之上。还有，朝会诗，如岑参，王维《和贾至舍人早朝大明宫之作》（七律），见出一番堂皇富丽的气象；又，宫词，往往见出一番怨情，宛转可怜。可是这些题材现代生活里简直没有。最别扭的是边塞和从军之作，唐人很喜欢作这类诗，而悯苦寒讥黩武的居多数，跟现代人冒险尚武的精神恰恰相反。但荒寒的边塞自是一种新境界，从军苦在当时也是一种真情的流露；若能节取，未尝没有是处。要能欣赏这几类诗，那得靠无关心的情感。此外，唐人酬应的诗很多，本书里也可见。有些人觉得作诗该等候感兴，酬应的诗不会真切。但伫兴而作的人向来大概不多；据现在所知，只有孟浩然是如此。作诗都在情感平静了的时候，运思造句都得用到理智；伫兴而作是无所为，酬应而作是有所为，在功力深厚的人其实无多差别。酬应的诗若能恰如分际，也就见得真切。况是这种诗里也不短至情至性之作。总之，读诗得除去偏见和成见，放大眼光，设身处地看去。

　　明代高棅编选《唐诗品汇》，将唐诗分为四期。后来虽有种种批评,这分期法却渐渐被一般沿用。初唐是高祖武德元年(公元六一八)至玄宗开元初(公元七一三),约一百年。盛唐是玄宗开元元年到代宗大历初(公元七六六),五十多年。中唐是代宗大历元年到文宗太和九年(公元八三五),七十年。晚唐是文宗开成元年(公元八三六)至昭宗天祐三年(公元九〇六),八十年。初唐诗还是齐梁的影响,题材多半是艳情和风云月露,讲究声调和对偶。到了沈佺期、宋之问手里,便成了律诗的体制。这是唐代诗坛一件大事,影响后世最大。当时有个陈子昂,独主张复古,扩大诗的境界。但他死得早,成就不多。盛唐诗李白努力复古,杜甫努力开新。所谓复古,只是体会汉魏的作风和借用乐府诗的题目,并非模拟词句。所以陈子昂、李白都能够创一家,而李白的成就更大。他的成就主要的在七言乐府;绝句也独步一时。杜甫却各体诗都是创作,全然不落古人窠臼。他以时事入诗,议论入诗,使诗散文化,使诗扩大境界;一方面研究律诗的变化,用来表达各种新题材。他的影响的久远,似乎没有一个诗人比得上。这时期作七古体的最多,为的这一体比较自由,又刚在开始发展。而王维、孟浩然专用五律写山水,也能变古成家。中唐诗韦应物、柳宗元的五古以复古的作风创作,各自成家。古文家韩愈继承杜甫,更使诗向散文化的路上走。宋诗受他的影响极大。他的门下作诗,有词句冷涩的,有题材诡僻的;本书里只选了贾岛一首。另一方面有些人描写一般的社会生活;这原是乐府精神,却也是杜甫开的风气。元稹、白居易主张诗该写社会生活而有规讽的作意，才是正宗。但他们的成就却不在此而在情景深切，明白如话。他们不避俗，跟韩愈一派恰相对照；可也出于杜甫。晚唐诗刻画景物，雕琢词句，题材又回到风云月露和艳情上，只加了一些雅事。诗境重趋狭窄，但精致过于前人。这时期的精力集中在近体诗。精致的只是词句，全篇组织往往配合不上。就中李商隐、温庭筠虽咏艳情，却有大处奇处，不局蹐在绮靡的圈子里；而李商隐学杜学韩境界更广阔些。学杜韩而兼受温李熏染的是杜牧，豪放之余，不失深秀。本书选诗七十七家，初唐不到十家，盛中晚三期各二十多家。入选的诗较多的八家。盛唐四家：杜甫的三十六首，王维二十九首，李白二十九首，孟浩然十五首。中唐二家：韦应物十二首，刘长卿十一首。晚唐二家：李商隐二十四首，杜牧十首。

李白诗，书中选五古三首，乐府三首，七古四首，乐府五首，五律五首，七律一首，五绝二首，乐府一首，七绝二首，乐府三首。各体具备，七古和乐府共九首，最多，五七绝和乐府共八首，居次。李白，字太白，蜀人，玄宗时作供奉翰林，触犯了杨贵妃，不能得志。他是个放浪不羁的人，便辞了职，游山水，喝酒，作诗。他的态度是出世的，作诗全任自然。当时称他为"天上谪仙人"，这说明了他的人和他的诗。他的乐府很多，取材很广；他其实是在抒写自己的生活，只借用乐府的旧题目而已。

他的七古和乐府篇幅恢张，气势充沛，增进了七古体的价值。他的绝句也奠定了一种新体制。绝句最需要经济的写出，李白所作，自然含蓄，情韵不尽。书中所收《下江陵》一首，有人推为唐代七绝第一。杜甫诗，计五古五首，七古五首，乐府四首，五七律各十首①，五七绝各一首。只少五言乐府，别体都有。律诗共二十首，最多；七古和乐府共九首，居次。杜甫，字子美，河南巩县人。安禄山陷长安，肃宗在灵武即位。他从长安逃到灵武，作了左拾遗的官。后因事被放，辗转流落到成都，依故人严武，做到"检校工部员外郎"。世称杜工部。他在蜀住的很久。他是儒家的信徒，一辈子惦着仕君行道；又身经乱离，亲见民间疾苦。他的诗努力描写当时的情形，发抒自己的感想。唐代用诗取士，诗原是应试的玩意儿；诗又是供给乐工歌妓唱来伺候宫廷和贵人的玩意儿。李白用来抒写自己的生活，杜甫用来抒写那个大时代，诗的境界扩大了，地位也增高了。而杜甫抓住了广大的实在的人生，更给诗开辟了新世界。他的诗可以说是写实的；这写实的态度是从乐府来的。他使诗历史化，散文化，正是乐府的影响。七古体到他手里正式成立，律诗到他手里应用自如——他的五律极多，差不多穷尽了这一体的变化。

---

① 编者注：《唐诗三百首》的通行本，所收杜甫七律为十三首，即《咏怀古迹》五首，蘅塘退士只选二首，通行本增补三首。

王维诗，计五古五首，七言乐府三首，五律九首，七律四首，五绝五首，七绝和乐府三首，五律最多。王维，字摩诘，太原人，试进士，第一，官至尚书右丞。世称王右丞。他会草书隶书，会画画。有别墅在辋川，常和裴迪去浏览作诗。沈宋的五律还多写艳情，王维改写山水，选词造句都得自出心裁。从前虽也有山水诗，但体制不同，无从因袭。苏轼说他"诗中有画"。他是苦吟的，宋人笔记里说他曾因苦吟走入醋缸里；他的《渭城曲》（乐府），有人也推为唐代七绝压卷之作。他的诗是精致的。孟浩然诗，计五古三首，七古一首，五律九首，五绝二首，也是五律最多。孟浩然，名浩，以字行，襄州襄阳人，隐居鹿门山，四十岁才游京师。张九龄在荆州，召为僚属。他用五律写江湖，却不苦吟，伫兴而作。他专工五言，五言各体都擅长。山水诗不但描写自然，还欣赏自然；王维的描写比孟浩然多些。

韦应物诗，五古七首，五律二首，七律一首，五七绝各一首，五古多。韦应物，京兆长安人，作滁州刺史，改江州，入京作左司郎中，又出作苏州刺史。世称韦左司或韦苏州。他为人少食寡欲，常焚香扫地而坐。诗淡远如其人。五古学古诗，学陶诗，指事述情，明白易见——有理语也有理趣，正是陶渊明所长。这些是淡处。篇幅多短，句子浑含不刻画，是远处。朱子说他的诗无一字造作，气象近道。他在苏州所作《郡斋雨中与诸文士燕集》诗开端道："兵卫森画戟，宴寝凝清香；海上风雨至，逍遥池阁凉。"诗话推为一代绝唱，也只是为那肃穆清华的气象。篇中又道，"自惭居处崇，未睹斯民康"，《寄李儋元锡》（七律）也道，"邑有流亡愧俸钱"，这是忧民；识得为政之体，才能有些忠君爱民之言。刘长卿诗，计五律五首，七律三首，五绝三首，五律最多。刘长卿，字文房，河间人，登进士第，官终随州刺史，世称刘随州。他也是苦吟人，律诗组织最为精密整炼；五律更胜，当时推为"五言长城"。上文曾举过两首作例，可见出他的用心处。

李商隐的诗，计七古一首，五律五首，七律十首，五绝一首，七绝七首，七律最多，七绝居次。李商隐，字义山，河内人，登进士第。王茂元镇河阳，召他掌书记，并使他做女婿。王茂元是李德裕同党；李德裕和令狐楚是政敌。李商隐和令狐楚本有交谊，这一来却得罪了他家。后来令狐楚的儿子令狐绹作了宰相，李商隐屡次写信表明心迹，他只是不理。这是李商隐一生的失意事，诗中常常涉及，不过多半隐约其辞。后来柳仲郢镇东蜀，他去做过节度判官。他博学强记，又有隐衷，诗里的典故特别多。他的七律里有好些《无题》诗，一方面像是相思不相见的艳情诗，另一方面又像是比喻，咏叹他和令狐绹的事，寄托那"不遇"的意旨。还有那篇《锦瑟》，虽有题，解者也纷纷不一。那或许是悼亡诗，或许也是比喻。又有些咏史诗，如《隋宫》，或许不只是咏古，还有刺时的意旨。他的诗语既然是一贯的隐约，读起来便只能凭文义、典故和他的事迹作一些可能的概括的解释。他的七绝里也有这种咏史或游仙诗，如《隋宫》《瑶池》等。这些都是奇情壮采之作——一方面七律的组织也有了进步——所以入选的多。他的七绝最著名的可是《寄令狐郎中》一首。杜牧诗，五律一首，七绝九首，几乎是专选一体。杜牧，字牧之，登进士第。牛僧孺镇扬州，他在节度府掌书记，又做过司勋员外郎。世称杜司勋，又称小杜——杜甫称老杜。他很有政治的眼光，但朝中无人，终于是个失意者。他的七绝感慨深切，情辞新秀。《泊秦淮》一首也曾被推为压卷之作。

　　唐以前的诗，可以说大多数是五古，极少数是七古，但那些时候并没有体制的分类。那些时候诗的分类，大概只从内容方面看，最显著的一组类别是五言诗和乐府诗。五言诗虽也从乐府转变而出，但从阮籍开始，已经高度的文人化，成为独立的抒情写景的体制。乐府原是民歌，叙述民间故事，描写各社会的生活，有时也说教，东汉以来文人仿作乐府的很多，大都没用旧题旧调，也是五言的体制。汉末旧调渐亡，文人仿作，便只沿用旧题目；但到后来诗中的话也不尽合于旧题目。这些时候有了七言乐府，不过少极；汉魏六朝间著名的只有曹丕的《燕歌行》，鲍照的《行路难》十八首等。乐府多朴素的铺排，跟五言诗的浑含不露有别。五言诗经过汉魏六朝的演变，作风也分化。阮籍是一期，陶渊明、谢灵运是一期，"宫体"又是一期。阮籍抒情，"志在刺讥而文多隐避"（颜延年、沈约等注《咏怀诗》语），最是浑含不露。陶谢抒情、写景、说理，渐趋详切，题材是田园山水。宫体起于梁简文帝时，以艳情为主，渐讲声调对偶。

初唐五古还是宫体余风，陈子昂、张九龄、李白主张复古，虽标榜"建安"（汉献帝年号，建安体的代表是曹植），实是学阮籍。本书张九龄《感遇》二首便是例子。但盛唐五古，张九龄以外，连李白所作（《古风》除外）在内，可以说都是陶谢的流派。中唐韦应物、柳宗元也如此。陶谢的详切本受乐府的影响。乐府的影响到唐代最为显著。杜甫的五古便多从乐府变化。他第一个变了五古的调子，也是创了五古的新调子。新调子的特色是散文化。但本书里所选他的五古还不是新调子，读他的长篇才易见出。这种新调子后来渐渐代替了旧调子。本书里似乎只有元结《贼退示官吏》一首是新调子；可是散文化太过，不是成功之作。至于唐人七古，却全然从乐府变出。这又有两派。一派学鲍照，以慷慨为主；另一派学晋《白纻（舞名）歌辞》（四首，见《乐府诗集》）等，以绮艳为主。李白便是著名学鲍照的；盛唐人似乎已经多是这一派。七言句长，本不像五言句的易加整炼，散文化更方便些。《行路难》里已有散文句。李白诗里又多些，如，"我欲因之梦吴越"（《梦游天姥吟留别》），又如上文举过的"弃我去者"二语。七古体夹长短句原也是散文化的一个方向。初唐陈子昂《登幽州台歌》全首道："前不见古人，后不见来者。念天地之悠悠，独怆然而涕下。"简直没有七言句,却也可以算入七古里。到了杜甫,更有意的以文为诗,但多七言到底,少用长短句。后来人作七古,多半跟着他走。他不作旧题目的乐府而作了许多叙述时事、描写社会生活的诗。这正是乐府的本来面目。本书据《乐府诗集》将他的《哀江头》《哀王孙》等都放在七言乐府里,便是这个理。从他以后,用乐府旧题作诗的就渐渐地稀少了。另一方面,元稹、白居易创出一种七古新调,全篇都用平仄调协的律句,但押韵随时转换,平仄相间,各句安排也不像七律有一定的规矩。这叫长庆体。长庆是穆宗的年号,也是元白的集名。本书白居易的《长恨歌》《琵琶行》都是的。古体的声调本来比较近乎语言之自然,长庆体全用律句,反失自然,只是一种变调。但却便于歌唱。《长恨歌》可以唱,见于记载,可不知道是否全唱。五七古里律句多的本可歌唱,不过似乎只唱四句,跟唱五七绝一样。古体诗虽不像近体诗的整炼,但组织的经济也最着重。这也是它跟散文的一个主要的分别。前举韦应物《送杨氏女》便是一例。又如李白《宣州谢朓楼饯别校书叔云》里道,"蓬莱文章建安骨,中间小谢又清发",一方面说谢朓(小谢),一方面是比喻。且不说喻旨,只就文义看,"蓬莱"句又有两层比喻,全句的意旨是后汉文章首推建安诗。"中间"句说建安以后"大雅久不作"(见李白《古风》第一首),小谢清发,才重振遗绪;"中间""又"三个字包括多少朝代,多少诗家,多少诗,多少议论!组织有时也变换些新方式,但得出于自然。如李白《梦游天姥吟留别》(七古)用梦游和梦醒作纲领,韩愈《八月十五夜赠张功曹》用唱歌跟和歌作纲领,将两篇歌辞穿插在里头。

律诗出于齐梁以来的五言诗和乐府。何逊、阴铿、徐陵、庾信等的五言都已讲究声调和对偶。庾信的《乌夜啼》乐府简直像七律一般;不过到了沈宋才成定体罢了。律首声调,前已论及。对偶在中间四名,就是第一组节奏的后两句,第二组节奏的前两句,也是异中有同,同中有异。这样,前四句由散趋整,后四句由整复归于散,增前两组节奏的往复回还的效用。这两组对偶又得自有变化,如一联写景,一联写情,一联写见,一联写闻之类,才不至板滞,才能和上下打成一片。所谓情景或见闻,只是从浅处举例,其实这中间变化很多,很复杂。五律如"地犹鄹氏邑,宅即鲁王宫。叹凤嗟身否,伤麟怨道穷"(唐玄宗,《经鲁祭孔子而叹之》)。四句虽两两平列,可是前一联上句范围大,下句范围小,后一联上句说平时,下句说将死,便见流走。又,"为我一挥手,如听成壑松。客心洗流水,余响入霜钟"(李白,《听蜀僧濬弹琴》)。前联一弹一听,后联一在弹,一已止,各是一串儿。又,"遥怜小儿女,未解忆长安。香雾云鬟湿,清辉玉臂寒"(杜甫,《月夜》)。"遥怜"直贯四句。小儿女"未解忆长安"固然可怜,"香雾"云云的人(杜甫妻)解得忆长安,也许更可怜些。前联只是一句话,后联平列;两相调剂着。律诗多在四句分段,但也不尽然,从这一首可见。又,前面引过的刘长卿《寻南溪常道士》次联"白云依静渚,芳草闭闲门",似乎平列,用意却侧重寻常道士不遇,侧重在下句。三联"过雨看松色,随山到水源",上句景物,下句动作,虽然平列而不是一类。再说"过雨",暗示忽然遇雨,雨住后松色才更苍翠好看;这就兼着叙事,跟单纯写景又不同。

七律如"云边雁断胡天月,陇上羊归塞草烟。回日楼台非甲帐,去时冠剑是丁年"(温庭筠,《苏武庙》)。前联平列,但不是单纯的写景句;这中间引用着《汉书·苏武传》,上句意旨是和汉朝音信断绝(雁足传书事),下句意旨是无归期(匈奴使苏武牧牡羊,说牡羊有乳才许归汉)。后联说去汉时还是冠剑的壮年,回汉时武帝已死;"丁年奉使"见李陵《答苏武书》,甲帐是头等帐,是武帝作来敬神的,见《汉武故事》。这一联是倒装,为的更见出那"不堪回首"的用意。又,"玉玺不缘归日角,锦帆应是到天涯。于今腐草无萤火,终古垂杨有暮鸦"(李商隐,《隋宫》)。日角是额骨隆起如日,是帝王之相,这儿是根据《旧唐书》,用来指太宗。锦帆指隋炀帝的游船,见《开河记》。这一联说若不因为太宗得了天下,炀帝还该游得远呢。上句是因,下句是果。放萤火,种垂杨,都是炀帝的事。后联平列,上句说不放萤火,下句说垂杨栖鸦,一有一无,却见出"而今安在"一个用意。又,李商隐《筹笔驿》中二联道:"徒令上将挥神笔,终见降王走传车。管乐有才真不忝，关张无命欲何如！"筹笔驿在绵州绵谷县，诸葛武侯曾在那里驻军筹划。上将指武侯，降王指后主；管乐是管仲、乐毅，武侯早年曾自比这二人。前联也是倒装，因为"终见"，才觉"徒令"。但因"筹笔"想到"降王"，即景生情，虽倒装还是自然。后联也将"有""无"对照，见出本诗末句"恨有余"的用意。七律对偶用倒装句、因果句，到晚唐才有。七言句长，整炼较难，整炼而能变化如意更难。唐代律诗刚创始，五言比较容易些，发展得自然快些。作五律的大概多些，好诗也多些，本书五律多，便是这个缘故。律诗也有不对偶或对偶不全的，如李白《夜泊牛渚怀古》（五律），又如崔颢《黄鹤楼》（七律）的次联，这些只算例外。又有不调平仄的，如《黄鹤楼》和王维《终南别业》（五律），也是例外。——也有故意这样作的，后来称为拗体，但究竟是变调。本书不选排律。七言排律本来少，五言的却多，也推杜甫为大家。排律将律诗的节奏重复多次，便觉单调，教人不乐意读下去。但本书不选，恐怕是为了典故多。晚唐律诗着重一句一联，忽略全篇的组织，因此后人评论律诗，多爱摘句，好像律诗篇幅完整的很少似的。其实不然，这只是偏好罢了。

　　绝句不是截取律诗的四句而成。五绝的源头在六朝乐府里。六朝五言四句的乐府很多，《子夜歌》最著名。这些大都是艳情之作，诗中用谐声辞格很多。谐声辞格如"蟢子"谐"喜"声，"藁砧"就是"铁"（铡刀）谐"夫"声。本书选了权德舆《玉台体》一首，就是这种诗。也许因为诗体太短，用这种辞格来增加它的内容，这也是多义的一式。但唐代五绝已经不用谐声辞格，因为不大方，范围也窄。唐代五绝有调平仄的，有不调平仄而押仄声韵的；后者声调上也可以说是古体诗，但题材和作风不同。所以容许这种声调不谐的五绝，大约也是因为诗体太短，变化少；多一些自由，可以让作者多一些回旋的地步。但就是这样，作的还是不多。七言四句的诗，唐以前没有，似乎是唐人的创作。这大概是为了当时流行的西域乐调而作；先有调，后有诗。五七绝都能歌唱，七绝歌唱的更多——该是因为声调曼长，好听些。作七绝的比作五绝的多得多，本书选得也多。唐人绝句有两种作风：一是铺排，一是含蓄。前者如柳宗元《江雪》：

　　　　千山鸟飞绝，万径人踪灭。
　　　　孤舟蓑笠翁，独钓寒江雪。

又，韦应物《滁州西涧》：

　　　　独怜幽草涧边生，上有黄鹂深树鸣。
　　　　春潮带雨晚来急，野渡无人舟自横。

　　柳诗铺排了三个印象，见出"江雪"的幽静，韦诗铺排了四个印象，见出西涧的幽静；但柳诗有"千山""万径""绝""灭"等词，显得那幽静更大些。所谓铺排，是平排（或略参差，如所举例）几个同性质的印象，让它们集合起来，暗示一个境界。这是让印象自己说明，也是经济的组织，但得选择那些精的印象。后者是说要从浅中见深，小中见大，这两者有时是一回事。含蓄的绝句，似乎是正宗，如杜牧《秋夕》：

> 银烛秋光冷画屏，轻罗小扇扑流萤。
> 天街夜色凉如水，卧看牵牛织女星。

是说宫人秋夕的幽怨，可作浅中见深的一例。又刘禹锡《乌衣巷》：

> 朱雀桥边野草花，乌衣巷口夕阳斜。
> 旧时王谢堂前燕，飞入寻常百姓家。

乌衣巷是晋代王导、谢安住过的地方，唐代早为民居。诗中只用野花、夕阳、燕子，对照今昔，便见出盛衰不常一番道理。这是小中见大，也是浅中见深。又，王之涣《登鹳雀楼》：

> 白日依山尽，黄河入海流。
> 欲穷千里目，更上一层楼。

鹳雀楼在平阳府蒲州城上。白日依山,黄河入海,一层楼的境界已穷,若要看得更远,更清楚,得上高处去。三四句上一层楼,穷千里目,是小中见大;但另一方面,这两句可能是个比喻,喻体是人生,意旨是若求远大得向高处去。这又是浅中见深了。但这一首比较前二首明快些。

论七绝的称含蓄为"风调"。风飘摇而有远情,调悠扬而有远韵,总之是余味深长。这也配合着七绝的曼长的声调而言,五绝字少节促,便无所谓风调。风调也有变化,最显著的是强弱的差别,就是口气否定、肯定的差别。明清两代论诗家推举唐人七绝压卷之作共十一首,见于本书八首。就是:王维《渭城曲》(乐府),王昌龄《长信怨》和《出塞》(皆乐府),王翰《凉州曲》,李白《下江陵》,王之涣《出塞》(乐府,一作《凉州词》),李益《夜上受降城闻笛》,杜牧《泊秦淮》。这中间四首是乐府,乐府的措辞总要比较明快些。其余四首虽非乐府,也是明快一类。只看八首诗的末二语便可知道。现在依次抄出:

> 劝君更尽一杯酒,西出阳关无故人。
> 玉颜不及寒鸦色,犹带昭阳日影来。
> 但使龙城飞将在,不教胡马度阴山。
> 醉卧沙场君莫笑,古来征战几人回?
> 两岸猿声啼不住,轻舟已过万重山。

> 羌笛何须怨杨柳？春风不度玉门关。
>
> 不知何处吹芦管，一夜征人尽望乡。
>
> 商女不知亡国恨，隔江犹唱后庭花。

这些都用否定语作骨子，所以都比较明快些。这些诗也有所含蓄，可是强调。七绝原来专为歌唱而作，含蓄中略求明快，听者才容易懂，适应需要，本当如此。弱调的发展该是晚点儿。——不见于本书的三首，一首也是强调，二首是弱调。十一首中共有九首强调，可算是大多数。

当时为人传唱的绝句见于本书的，五言有王维的《相思》，七言有他的《渭城曲》，王昌龄的《芙蓉楼送辛渐》和《长信怨》，王之涣的《出塞》。《相思》道：

> 红豆生南国，春来发几枝？
> 愿君多采撷！此物最相思。

《芙蓉楼送辛渐》道：

> 寒雨连江夜入吴，平明送客楚山孤。
> 洛阳亲友如相问，一片冰心在玉壶。

除《长信怨》外，四首都是对称的口气，——王之涣的"羌笛"句是说"你何须吹羌笛的《折柳词》来怨久别？"——那不见于本书的高适的"开箧泪沾臆，见君前日书"一首也是的（这一首本是一首五古的开端四语，歌者截取，作为绝句）。歌词用对称的口气，唱时好像在对听者说话，显得亲切。绝句用对称口气的特别多；有时用问句，作用也一般。这些原都是乐府的老调儿，绝句只是推广应用罢了。——风调转而为才调，奇情壮采依托在艳辞和故事上，是李商隐的七绝。这些诗虽增加了些新类型，却非七绝的本色。他又有《雨夜寄北》一绝：

君问归期未有期，巴山夜雨涨秋池。
何当共剪西窗烛，却话巴山夜雨时！

这也是对称的口气。设想归后向那人谈此时此地的情形，见出此时此地思归和相念的心境，回环含蓄，却又亲切明快。这种重复的组织极精练可喜。但绝句以自然为主。像本诗的组织，精练不失自然，是可遇而不可求的。

朱宝莹先生有《诗式》（中华版），专释唐人近体诗的作法作意，颇切实，邵祖平先生有《唐诗通论》（《学衡》十二期），颇详明，都可参看。

九　再论"曲终人不见，江上数峰青"

在本志（《中学生》）六十号里见到朱孟实先生论这两句诗的文字，觉得很有趣味。自己也有点意思，写在这里，请孟实、丏尊二位先生指教。

先抄全诗：

钱起　省试《湘灵鼓瑟》

善鼓云和瑟，常闻帝子灵。冯夷空自舞，楚客不堪听。
苦调凄金石，清音入杳冥。苍梧来怨慕，白芷动芳馨。
流水传湘浦，悲风过洞庭。曲终人不见，江上数峰青。

这是一首试帖诗。诗题出于《楚辞·远游》篇，云：

使湘灵鼓瑟兮，令海若舞冯夷。

《旧唐书》一六八记此诗情形云：

> 起能五言诗。初从乡荐，寄家江湖。常于客舍月夜独吟，遽闻人吟于廷曰："曲终人不见，江上数峰青。"起愕然。摄衣视之，无所见矣。以为鬼怪，而志其一十字。起就试之年，李暐所试《湘灵鼓瑟》诗，题中有"青"字。起即以鬼谣一字为落句。暐深嘉之，称为绝唱，是岁登第。

"绝唱"只说得好，只说得爱好；那个鬼故事当然是后来附会出来的。至于"究竟好在何处？有什么理由可说？"前人评语不外两端：一是切题，二是所谓"远神"。唐汝询《唐诗解》卷五十云：

> 瑟乃神灵所弹，原无处所，是以曲终而不见其人，徒对江上数峰而惆怅也。

这里只说得上一句：压根儿就不见人，不独曲终时为然。但"江上数峰青"又与题何干呢？"湘灵"王逸无注，洪兴祖补云："上言'二女'，则此'湘灵'乃湘水之神，非湘夫人也。"可见得以前颇有人以为湘灵就是湘夫人，就是帝尧的二女。《楚辞·九歌·湘夫人》有云："九嶷缤兮并迎，灵之来兮如云"，王注云：

"舜使九嶷之山神缤然来迎二女。"可见得湘夫人虽"死于沅、湘之中",却住在九嶷山里。又《山海经·中山经》云:"洞庭之山……帝之二女居之",这里的"二女"也就是湘夫人。那么,"江上数峰青"只是说人虽不见,却可想象她们在那九嶷山或"洞庭之山"里。钱起远在洪兴祖之前,他大概还将湘灵当作湘夫人的。

可是这么一说,这两句诗不过切题而已,何以"称为绝唱"呢?沈德潜《唐诗别裁集》评云:"远神不尽。"但又云:"落句固好,然亦诗人意中所有;谓得自鬼语,盖谤之耳。""神"字太麻烦,姑不去解释;说"远",说"不尽",究竟是什么呢?既是"诗人意中所有",该不是怎样玄虚的东西。我们可以想到所谓"远神"大概有两个意思:一是曲终而余音不绝,一是词气不竭,就是不说尽。这两个意思一从诗所咏的东西说,一从诗本身说。实在是一物的两面。

我们都知道"余音绕梁""响遏行云"两个成语,实在是两个典故,见《列子·汤问》篇,云:

>……秦青……抚节悲歌,声振林木,响遏行云。
>……昔韩娥东之齐,匮粮,过雍门,鬻歌假食。既去而余音绕梁欐,三日不绝。

前条说声响之高，后条说声响之久；"江上数峰青"也正说的是曲调高远，袅袅于江上青峰之间。久而不绝，该是从《列子》脱化而出。可是意境全然新的，并非抄袭。所以可喜。这是一。

《全唐诗话》卷一云：

> 中宗正月晦日幸昆明池赋诗。群臣应制百余篇。帐殿前结彩楼，命"昭客"选一篇为新翻御制曲。从臣悉集其下。须臾纸落如飞，各认其名而怀之。既退，惟沈（佺期）、宋（之问）二诗不下。移时一纸飞坠，竟取而观，乃沈诗也。及闻其评曰："二诗工力悉敌。沈诗落句云：'微臣雕朽质，羞睹豫章才。'盖词气已竭；宋诗云：'不愁明月尽，自有夜珠来。'犹陡健举。"沈乃伏，不敢复争。

沈说尽，宋不说尽，却留下一个新境界给人想，所以为胜。钱诗是试帖，与沈、宋应制诗体制大致相同，都是五言长律，落句也与宋异曲同工。上官昭容既定下标准在前头，影响该不在小；钱起的试官李昕或有意或无意大约也采取了这种标准，所以深为嘉许。这是二。

还有，据《旧唐书》所记及陈季等同题之作，知道此诗所限之韵中有"青"字。钱押得如此自然，怕也是成为"绝唱"的一个小因子。《唐诗别裁集》评语有云："神来之候，功力不与"，其实就是说的这个押韵的自然。

诗中他句也有可论,但纪昀差不多都说过了,见《唐人试律说》,在《镜烟堂十种》中。

(二十五年二月,《中学生》六十二号)

十　论"以文为诗"

陈师道《后山诗话》云：

> 退之以文为诗，子瞻以诗为词，如教坊雷大使之舞，虽极天下之工，要非本色。

说韩愈（退之）以文为诗，原不始于陈师道，释惠洪《冷斋夜话》二云：

> 沈存中、吕惠卿吉甫、王存正仲、李常公泽，治平中在馆中夜谈诗。存中曰："退之诗，押韵之文耳，虽健美富赡，然终不是诗。"吉甫曰："诗正当如是。吾谓诗人亦未有如退之者。"

"以文为诗"一语似乎比"押韵之文"一语更清楚些,所以这里先引了《后山诗话》。这个诗文分界的问题,是宋人提出的,也是宋人讨论得最详尽。刘克庄、严羽的意见可为代表。

刘说:

> 后人尽诵读古人书,而下语终不能仿佛风人之万一,余窃惑焉。或古诗出于情性,发必善;今诗出于记问博而已,自杜子美未免此病。(《后村先生大全集》九十六,《韩隐君诗序》)

又说:

> 唐文人皆能诗,柳尤高,韩尚非本色。迨本朝则文人多,诗人少。三百年间,虽人各有集,集各有诗,诗各自为体,或尚理致,或负材力,或呈辨博,少者千篇,多至万首,要皆经义策论之有韵者尔,非诗也。(同上九十四,《竹溪诗序》)

严也说:

> 近代诸公乃作奇特解会,遂以文字为诗,以才学为诗,以议论为诗。夫岂不工?终非古人之诗为也;盖于一唱三叹

之音有所歉焉。(《沧浪诗话·诗辨》)

他们都是以风诗为正宗的。

到了明代的李梦阳,他更进一步,主张五言古诗以汉、魏、六朝为宗,七言古诗以乐府及盛唐为宗,近体全以盛唐为宗,他给诗立了定格,建了正统。他的诗的影响不过一时,但他的诗格论的影响不是一时的;后来虽有许多反对的意见,却并没有能够摇动他的基础。它的基础是在"吟咏情性"(《诗大序》)"温柔敦厚"(《礼记·经解》)那些话和"选体"的五言诗上头。

为什么到了宋代才有诗文分界的问题呢?这有很长的历史。原来古代只有诗和史的分别(见闻一多先生《歌与诗》),古代所谓"文",包括这两者而言。此外有"辞""言""语"。"辞"如春秋的辞令,战国的说辞。"语"如《论语》《国语》。"言"呢,诸子大都是记言之作。但这些都没有明划的分界,诗与史相混,从《雅》《颂》可见。诗、史、辞和言、语相混,从《老子》《庄子》等书内不时夹杂着韵语可见。至于汉代称为《楚辞》的屈、宋诸作,不用说更近于诗了。

汉代是个赋的时代,那时所谓"文"或"文章"便指赋而言。汉代又是个乐府时代,假如赋可以说是霸主,乐府便是附庸了。乐府是诗,赋也可以说是诗,班固《两都赋序》第一句便说:"或曰:'赋者,古诗之流也'";刘歆《七略》也将诗赋合为一目。

赋出于《楚辞》和《荀子》的《赋篇》，性质多近于诗的《雅》《颂》；以颂美朝廷，描写事物为主。抒情的不多。晋以后的发展，才渐渐专向抒情一路，到六朝为极盛。按现在说，汉赋里可以说是散文比诗多。所谓骈体实在是赋的支与流裔，而骈体按我们说，也是散文的一部分。这可见出赋的散文性是多么大。赋是诗与散文的混合物，那么，汉人所谓"文"或"文章"，也是诗与散文的混合物了。

乐府以叙事为主，但其中不缺少抒情的成分。它发展到汉末，萌芽了抒情的五言诗。可是纯粹的抒情的五言诗，是成立在魏、晋间的阮籍的手里；他的意境却几乎全是《楚辞》的影响。魏、晋、六朝是骈体文和五言诗的时代；但这时代还只有"文""笔"的分别，没有"诗""文"的分别。"有韵者文""无韵者笔"，是当时的"常言"（《文心雕龙·总术篇》）。赋和诗都是"文"，和汉人意见其实一样。另一义却便不同：有对偶、谐声的抒情作品是"文"，骈体的章奏与散体的著述是"笔"（梁元帝《金楼子·立言篇》）。这个说法还得将诗和赋都包括在"文"里，不过加上骈体的一部分罢了。这时代也将"诗""笔"对称，所谓"笔"还只指骈体的章奏与散体的著述，一部分抒情的骈体不在内，和后来"诗""文"的分别是不同的。

唐代的诗有了划时代的发展，所以当时人特别强调"诗""笔"的分别；杜甫有"贾笔论孤愤，严诗赋几篇"（《寄岳州贾司马六丈巴州严八使君》)的句子，杜牧有"杜诗韩笔愁来读"(读《杜韩诗集》)的句子，可见唐一代都只注意这一个分别。杜牧称韩愈的散体为"笔"，似乎只看作著述，不以"文"论。韩愈和他的弟子们却称那种散体为"古文"；韩创作那种散体古文，想取骈体而代之，也是划时代。他的努力是将散体从"笔"升格到"文"里去，所以称为"古文"；他所谓"文"，似乎将诗、赋、骈体、散体，都包括在内，一面却有意扬弃了"笔"的名称。唐人连韩愈和他的追随者在内，都还没有想到诗文的对立上去。

宋代古文大盛，散体成了正宗。骈体不论是抒情的应用的，也都附在散体里。统于"文"这一个名称之下。王应麟《困学纪闻》有评应用文(骈体居大多数)的，所以别出，王虽分评，却都称为"文"；这个"文"的涵义，正是韩愈的理想的实现。这样，"笔"既并入"文"里，"文笔""诗笔"的分别，自然不切用了。于是诗文的分别便应运代兴。诗文的分别看来似乎容易，似乎只消说"有韵者诗，无韵者文"就成了。可是不然。宋人便将赋放在文里，《困学纪闻》"评文"前卷里有评辞赋的话，王应麟却不收在那"评诗"一卷里。宋人将诗从文里分出，却留着辞赋，似乎自己找麻烦，但一看当时"文体"的赋(如苏轼《赤壁赋》等)的发展，便知道这是有道理的。因为成立了诗文对立的局势，而二者的分别又不在韵脚的有无上，所以有许多争议。篇首所引，是代表的例子。

争议虽多，共同的倾向却很显明，那就是风诗正宗。苏轼和朱熹都致慨于唐诗的变古，以为古人的"高风""远韵"从唐代已经衰歇不存（苏《书黄子思诗集后》，朱《答巩仲至书》第四，第五）。这正是风诗正宗的意思。苏轼自己便是个变古的人，也说出这样的话，可是这主张不是少数人或一时代的私见，它是有来历的。《诗大序》说诗是"吟咏情性"的，《礼记·经解》说"温柔敦厚"是"诗教"。这里面虽含着政教的意味，史的意味，但三百篇中风诗及准风诗的《小雅》既占了大多数，宋代又是经学解放的时代，当时人不管注疏里史的解释，只将自己读风诗的印象去印证那两句话，而以含蓄蕴藉的抒情诗为正宗，也是自然的。再说还有选体诗作他们有力的例子。选体诗的意境是继承《楚辞》的抒情的传统的。东晋时老、庄的哲学虽然一度侵入诗里，但因为只是抄袭陈言，别无新义，不久就"告退"了（《文心雕龙·明诗》）。抒情诗的传统这样建立起来，足为"吟咏情性"和"温柔敦厚"两句话张目。

不过选体诗变为唐诗，到了宋代，一个新传统又建立起来了。这里发展了一类"沉着痛快"之作，或抒情，或描写，或叙事，或议论，不尽合于那两句古话，可是事实上是有许多人爱作有许多人爱读的诗。旧传统压不倒新传统，只能和它并存着。好古的人至多只能说旧的是"正"，新的是"变"，像苏轼便是的；或者说新的比旧的次些，像朱熹便是的，但不能不承认那些"沉着痛快"之作也是诗。再说苏轼虽然向慕那"高风""远韵",他自己却还在开辟着"变"的路;这大约是所谓"穷则变",也是不得不然。刘克庄也还是走的"变"的路。严羽是走"正"路了,但是不成家数。他说"近代诸公"的诗不是诗,却将"沉着痛快"的诗和"优游不迫"(即"温柔敦厚")的诗并列为诗的两大类,可见也不能完全脱离时代的影响。

沈括(存中)说韩愈的诗只是"押韵之文",不是诗;陈师道说韩"以文为诗",不是诗的本色。陈的意思和后来的朱熹大约差不多;沈说却比较激切,所以引起全然相反的意见。刘克庄说和沈说一样。原来宋以前诗文的界划本不分明,也不求分明,沈、陈、刘,以当时的观念去评量前代,是不公道的。况且韩愈的诗,本于《雅》《颂》和乐府,也不是凭空而来;按宋代说,固可以算他"以文为诗",按唐代说,他的诗之为诗,原是不成问题的。

宋人的风诗正宗论却大大地影响了元、明两代,一面也是这两代散体古文的发展使诗文的分界更见稳定的缘故。李梦阳的各体诗定格说正是时势使然。但姑不论他的剽窃的作风,他的定格里上有汉乐府,下有唐诗,其实也已经不纯是抒情的传统,与那两句古话不尽合了。到了清代中晚期,提倡所谓宋诗,那新传统复活了而且变本加厉,以金石考订入诗;《清诗汇》自序且诩为"诗道之尊"。章炳麟《辨诗》以为这种考订金石之作"比于马医歌括",胡适之在《什么是文学》中也以为这种诗不是诗。他们都是或多或少皈依那抒情的传统的。

但是诗文的界划,宋以前既不分明,宋以来理论上虽然分明,事实上也不全然分明,坚持到底,怕也难成定论。所以韩愈"以文为诗"似乎并不碍其为诗。南宋陈善《扪虱新话》云:"韩以文为诗,杜以诗为文,世传以为戏。然文中要自有诗,诗中要自有文,亦相生法也。"这是极明通的议论。可是"以文为诗"在我们的诗文评里成了一个热闹的问题,"以诗为文"却似乎不大成问题的样子,这是什么缘故呢?大概宋以前"诗"一直包在"文"里,宋人在理论上将诗文分开了,事实上却分不开,无论对于古人的作品或当时人的作品都如此。这种理论和事实的不一致,便引起许多热烈的讨论。至于文,自来兼有叙事、议论、描写、抒情等作用,本无确定的界限,不管在理论上和事实上。宋人还将辞赋放在文里,可见他们是不以文的抒情的作用为嫌的。

《扪虱新话》引的"杜以诗为文"的话,是仅有的例外。那只是说杜甫作文,用字造句往往像作诗一般,所以显得别别扭扭的。"韩以文为诗"是成功了,"杜以诗为文"却失败了。杜的文没有人爱学,也很少人爱读。这也是"以诗为文"引不起热闹的讨论的一个原因。但类似的讨论却不是没有,唐刘知幾《史通·叙事》,论"近古"史书,词多繁复,事喜藻饰。那些时候作史多用骈体，骈体含着很多抒情的成分，繁复和藻饰，正是抒情的主要手法，用来叙事，却是不相宜的。这繁复与藻饰，按宋人的标准说，也正是诗的精彩。刘知幾时代，诗文还未分家，更无所谓骈散之辨，但他所指出的问题，若用宋人的术语，却正是"以诗为文"那句话。

到了清代，骈散的争辩热闹起来了，古文家论骈体的短处，也从这里着眼，如曾国藩的话：

> 自东汉至隋，文人秀士，大抵义不孤行，辞多俪语；即议大政，考大礼，亦每缀以排比之句，间以婀娜之声。历唐代而不改；虽韩、李锐志复古，而不能革举世骈体之风。此皆习于情韵者类也。（《湖南文征序》）

"习于情韵"就是"抒情"，和那"排比之句""婀娜之声"，都是诗。这里所讨论的，其实也还是"以诗为文"那句话。不过这种讨论，我们的诗文评都放在"骈散"一目下，不从诗文分界的立场看。"以诗为文"的问题，宋人既未全貌的提出，可以作为这个问题的正面的"骈散"的讨论，又不挂在它的账上，所以就似乎不大成问题的样子了。

新文学运动以来，我们输入了西洋的种种诗文观念。宋人的诗文分界说，特别是诗的观念，即使不和输入的诗文观念相合，也是相近的。单就诗说，初期的自由诗有人讥为分行的散文，还带着宋以来诗的传统的影响。第一个提倡新诗的胡适之还提倡以诗说理呢。但是后来的格律诗和象征诗便走上新的纯粹抒情的路。这该是宋人理想的实现。

可是诗的路却似乎越过越窄，作者和读者也似乎越来越少。这里也许用得着 J. M. Murry《风格问题》一书中的看法。他说，"在某种文化的水准上，加上种种经济的社会的情形（这些值得详加研究），某种艺术的或文学的体式是会逼着人接受的"（四八面）。宋以来怕可以说是我们的散文时代，散文的体式逼着一般作家接受；诗不得不散文化，散文化的诗才有爱学爱读的人。现代诗走回诗的"正"路，但是理睬的人便少了。只看现代散文（包括小说）的发展是如何压倒了诗的发展，就知此中消息。诗暂时怕只是少数人的爱好（这些人自然也是不可少的），它的繁荣怕要在另一个时代。Murry 还说："批评只消研讨基本的成分，比较着看；它所着眼的是创造想象，除非要研讨文字的细节，是不必顾到诗文的分别的。"（五二、五三面）照这个看法，"以文为诗"也该是不成问题的。

（《学文周刊》，一九四七年六月五日，济南《大华日报》）

十一　王安石《明妃曲》

王安石《明妃曲》二首，颇受人攻击，说诗中"人生失意无南北""汉恩自浅胡自深"两句有伤忠爱之道。第一首云：

> 明妃初出汉宫时，泪湿春风鬓脚垂。低徊顾影无颜色，尚得君王不自持。归来却怪丹青手，入眼平生几曾有？意态由来画不成，当时枉杀毛延寿。一去心知更不归，可怜着尽汉宫衣，寄声欲问塞南事，只有年年鸿雁飞。家人万里传消息："好在毡城莫相忆。君不见，咫尺长门闭阿娇，人生失意无南北。"

黄山谷引王深父的话，说："孔子曰：'夷、狄之有君，不如诸夏之亡也。''人生失意'句非是。"这是说，无论怎样，中国总比夷、狄好，南总比北好，打在冷宫的阿娇也总比在毡城作阏氏的明妃好；诗中将南北等量齐观，是不对的。山谷却辩道：孔子居九夷，可见夷、狄也未尝无可取之处，诗语并不算错。

这种辩论似乎有点小题大做；所以有人说王安石只是要翻新出奇罢了，是不必深求的。但细读这首诗，王安石笔下的明妃本人，并未离开那"怨而不怒"的旧谱儿；不过"家人"给她抱不平，口气却有点"怒"了。"家人"怒，而身当其境的明妃并没有怒，正见其忠厚之极。这里"一去"两句说她久而不忘汉朝；"寄声"两句说这么久了，也托人问汉朝消息，汉朝却绝无消息——年年有雁来，元帝却没给她一个字。在国内几年未承恩幸，出宫时虽"得君王不自持"，又杀了毛延寿，而到塞外几年，却也未承眷念；她只算白等着。家里的消息却是有的，教她别痴想了，汉朝的恩是很薄的；当年阿娇近在咫尺，也打下冷宫来着，你惦记汉朝，即便你在汉朝，也还不是失意？——该失意的在南在北都一样，别老惦着"塞南"罢。这是决绝辞，也可说是恰如其分的安慰语；不过这只是"家人"说说罢了。

第二首云：

明妃初嫁与胡儿，毡车百辆皆胡姬。含情欲说独无处，传与琵琶心自知。黄金捍拨春风手，弹看飞鸿劝胡酒。汉宫侍女暗垂泪，沙上行人却回首："汉恩自浅胡自深，人生乐在相知心。"可怜青冢已芜没，尚有哀弦留至今。

李璧注引范冲对高宗云："诗人多作《明妃曲》，以失身胡虏为无穷之恨；安石则曰：'汉恩自浅胡自深，人生乐在相知心。'然则刘豫不是罪过，汉恩浅而虏恩深也。……孟子曰：'无父无君是禽兽也。'以胡虏有恩而遂忘君父，非禽兽而何！"这以诗中明妃与汉奸刘豫相比，骂她是禽兽；其实范冲真要骂的是王安石。骂王安石，与诗无甚关系，且不必论。就诗论诗，全篇只是以琵琶的悲怨见出明妃的悲怨：初嫁时不用说，含情无处诉，只借琵琶自写心曲。后来虽然弹琵琶劝酒，可是眼看飞鸿，心不在胡而在汉。飞鸿有三义：句子以嵇康《赠秀才入军》诗"目送归鸿，手挥五弦"来，意思却牵涉到孟子的"一心以为鸿鹄将至"，又带着盼飞鸿捎来消息。这心事"汉宫侍女"知道，只不便明言安慰，唯有暗地垂泪。"沙上行人"听着琵琶的哀响，却不禁回首，自语道：汉朝对你的恩浅，胡人对你的恩深，古语说得好，乐莫乐兮新相知，你何必老惦着汉朝呢？在胡言胡，这也是恰如其分的安慰语。这绝不是明妃的嘀咕，也不是王安石自己的议论，已有人说过，只是沙上行人自言自语罢了。但是青冢芜没之后，哀弦留传不绝，可见后世人所见的还只是个悲怨可怜的明妃；明妃并未变心可知。王深父、范冲之说，都只是断章取义，不顾全局,最是解诗大病。今写此短文,意不在给诗中的明妃及作者王安石辩护,只在说明读诗解诗的方法,借着这两首诗作个例子罢了。

(一九三六年,《世界日报》)

附录一 文学的一个界说

"什么是文学?"这是大家喜欢问的一个问题。答案的不同,却正如人的面孔!我也看过许多——其实只能说很少——答案;据我的愚见,最切实用的是胡适之先生的。他说"达意达得好,表情表得妙,便是文学"[①],更不立其他的界线。但是你若要晓得仔细一点,便会觉得他的界说是不够的,那么我将再介绍一位 Long 先生和你相见。他在《英国文学》里所给的文学的界说是这样的:

> Literature is the expression of life in words of truth and beauty; it is the written record of man's spirit, of his thoughts, emotions, aspirations; it is the history, and the only history, of

---

① 《胡适文存》卷一,二九七页。

the human soul. It is characterized by its artistic, its suggestive, its permanent qualities. Its two tests are its universal interest and its personal style, Its object, aside from the delight it gives us, is to know man, that is, the soul of man rather than his actions; and since it preserves to the race the ideals upon which all our civilization is founded, it is one of the most important and delightful subject that can occupy the human mind.①

我觉得这个界说，仔细又仔细，切实又切实，想参加己意将它分析说明一番。

（一）文学是用真实和美妙的话表现人生的。

什么是真实的话？是不是"据实招来"呢？我想"实"有两种意义，一是"事实"，二是"实感"。若"据实"是据事实，则"真实的话"便是"与事实一致"的话。这个可能不可能呢？有人已经给我们答复了：事实的叙述，总多少经过"选择"，决不能将事实如数地细大不遗地记录出来的；况且即使能如数地记出，这种复写又有何等意义？何劳你抄录一番呢？除了"存副"一种作用外，于人是决无影响的，便是竭力主张"记录"的写实

---

① 据 Genung and Hanson, *Outlines of Compostion and Rhetoric*, p.295。

派，也还是免不了选择的①。所以，"与事实一致"的话是没有的。从"与事实一致"的立场看，文学多少离不了说谎。但这是艺术的说谎，与平常随便撒谎不同。王尔德力主文学必须说谎，他说现在说谎的艺术是衰颓了：从前文学只说"不存在"与"不可能"的事物，所以美妙，现在却要拘拘于自然与人生，这就卑无足道了②。这虽是极端的见解，但颇是有理。理想派依照他们的理想以创造事实，可说是"不存在"的；神秘派依照他们的"烟士披里纯"以创造事实，可说是"不可能"的；这些创造的事实往往甚为美妙，却都免不了说谎。——创造原来就是说谎呀！便是写实派的文学，经过了选择的记录，已多少羼杂主观在内，与事实的原面目有异，也可说是说谎，只程度较轻罢了。——王尔德却自然不会承认这也是说谎的！文学既都免不了说谎，那么，那里还有"真实的话"？然而不然！从"与事实一致"的立场看是说谎的，从"表现自己"的立场看，也许是真实的。"表现自己"实是文学——及其他艺术——的第一义；所谓"表现人生"，只是从另一方面说——表现人生，也只是表现自己所见的人生罢了。表现自己，以自己的情感为主。能够将自己的"实感"充分表现的，便是好文学，便能使人信，便能引人同情；不管所叙的

---

① 大旨根据晓风译《文学上之各种主义》。
② 见《说谎的衰颓》一文。

事实与经过的事实一致否。现代文学尽有采用荒诞不稽的故事作题材的，但仍能表现现代人的情感，可知文学里的事实，只需自己一致，自己成一个协调的有机体，便行——所谓自圆其谎也。文学的生命全在实感——此"感"字意义甚广，连想象也包在内；能够表现实感的，便是"真实的话"——近来有一种通行的误解，以为第一身的叙述必是作者自己经历的事实，第三身的叙述亦须是作者所曾见闻的事实。这样误解文学的人，真是上了老当；天下哪有这样老实的作家（？！）以"事实"而论，或者第三身的叙述倒反是作者自己的，也未可知。

什么是美妙的话？此地美妙的原文是 beauty，通译作美，美有优美、悲壮、诙谐、庄严几种。怎样才是美呢？这是争辩最多的一个名词！吕澂先生的《美学浅说》里说："美是纯粹的同情"，"由纯粹的同情，我们的生命便觉得扩充，丰富，最自然又最流畅的开展，同时有一片的喜悦；从这里就辨别得美"，又说"美感是要在'静观'里领受的"。我想这个解释也就够用。所谓"美妙的话"，便是能引人到无关心——静观——的境界。使他发生纯粹的同情的；这就要牵连到"暗示的""艺术的"性质及风格等，详见下文。另外，胡适之先生在《什么是文学》里也说及文学的美；他说有明白性及逼人性的便是美。这也可供参考。

至于"表现人生"一义，上文已约略说过。无论是记录生活，是显扬时代精神，是创造理想世界，都是表现人生。无论是轮廓的描写，是价值的发现，总名都叫作表现。轮廓的描写所以显示生活的类型——指个性的类型，与箭垛式的类型，"谱"式的类型有别；价值的发见，所以显示生活的意义和目的。话说至此，可以再陈一义，Mathew Arnold 曾说，"诗是人生的批评"，后来便有说文学是人生的表现和批评的。我的一位朋友反对此解，以为文学只是表现人生，不加判断；何有于批评？诗以抒情为主，表现之用最著，更说不上什么批评了。但安诺德之说，必非无因。我于他的批评见解，未曾细究，不敢申论。只据私意说来，"人生的批评"一说，似可成立。因为在文学作品中，作者诚哉是无判断，但却处处暗示着他的倾向，让读者自己寻觅。作品中写着人生的爱憎悲喜，而作者对于这种爱憎悲喜的态度，也便同时隐藏在内；作者落笔怎样写，总有怎样写的理由——这种理由或许是不自觉的——这便是他对于所写的之态度。叙述不能无态度正如春天的树叶不能无绿一般。就如莫泊桑吧，他是纯粹的写实派，对于所叙述的，毫无容心，是非常冷静的；托尔斯泰曾举《画师》为例，以说明他的无容心。但他究竟不能无选择，选择就有了态度；而且诡辩地说，无容心也正是一种容心，一种态度；而且他的唯物观，在作品里充满了的，更是显明的态度！即如《月夜》[①] 里所写的爱，便是受物质环境的影响而发生的爱，

---

① 见《域外小说集》。

与理想派作品所写的爱便决不会相同;这就是态度关系了。理想派之有态度,更不用说。态度就是判断,就是批评;"文学是人生的表现与批评",实是不错的;但"表现"与"批评"不是两件东西,而是一体的两面。

(二)文学是记载人们的精神、思想、情绪、热望;是历史,是人的灵魂之唯一的历史。

文学里若描写山川的秀美,星月的光辉,那必是因它们曾给人的灵魂以力量;文学里若描写华灯照夜的咖啡店,"为秋风所破的茅屋",那必是因为人的灵魂曾为它们所骚扰;文学里若描写人的"健饭""囚首垢面""小便"①,那必是因为这些事有关于他的灵魂的历史;总之,文学所要写的,只是人的灵魂的戏剧,其余都是背景而已。灵魂的历史才是真正的历史。正史上只记政治上经济上文化上的大事;民间的琐屑是不在被采之列的。但大事只是轮廓,具体的琐屑的事才真是血和肉;要看一时代的真正的生活,总须看了那些琐屑的节目,才能彻底了解;正如有人主张参观学校,必须将厕所、厨房看看,才能看出真正好坏一样。况且正史所记,多是表面的行为,少说及内心的生活;它是从行为的结果看的,所以如此。文学却是记内心的生活的,显示各个人物的个性,告诉我们他们怎样思想,怎样动感情;便是写

---

① 仲密先生《丑的字句》中,译引土岐哀果的诗,诗中曾用此二字。

实派以写实为主的,也隐寓着各种详密的个性。懂得个性,才懂得真正的生活。所以说,"文学是人的灵魂之唯一的历史"。

(三)文学的特色在它的"艺术的""暗示的""永久的"等性质。

孔子说,"辞达而已矣",又说"修辞立其诚"。如何才能"达",如何才能"立诚",便是"艺术"问题了。此地所说"艺术",即等于"技巧"。文学重在引人同情,托尔斯泰所谓"传染情感于人";而"自己"表现得愈充分,传染的感情便愈丰厚。"充分"者,要使读者看一件事物,和自己"一样"明晰,"一样"饱满,"一样"有力,"一样"美丽。自己要说什么,便说什么,要怎么说,便怎么说,这也叫作"充分"。要使得作品成为"艺术的",最要紧的条件便是选择;题材的精粗,方法的曲直,都各有所宜,去取之间,全功系焉。

"暗示"便是旧来所谓"含蓄",所谓"曲"。袁子才说,"天上只有文曲星而无文直星",便是说明文贵曲不贵直。从刘半农先生的一篇文里,晓得"Half told story"一个名字,译言"说了一半的故事"。你要问问:还有一半呢?我将代答:在尊脑里!"暗示"是人心自然的要求,无间中外古今。这大概因为人都有"自表"(self manifestation)的冲动,若将话说尽了,便使他"英雄无用武之地",不免索然寡味。"法国 Marlarme 曾说,作诗只可说到七分,其余的三分应该由读者自己去补足,分享创作之乐,才能了解诗的真味。"①"分享创作之乐",也就是满足"自表"的冲动。小泉八云把日本诗歌比作寺钟的一击,"他的好处是在缕缕的幽玄的余韵在听者心中永续的波动"。这是一个极好的比方。中国以"比""兴"说诗也正是这种意思。这些虽只说的诗,但绝不只是诗要如此;凡是文学都要如此的。现在且举两个例来说明。潘岳《悼亡诗》第二首道:

> 皎皎窗中月,照我室南端。
> 清商应秋至,溽暑随节阑。

"触景生情,是'兴'的性质。"下面紧接:

> 凛凛凉风生,始觉夏衾单!
> 岂曰无重纩?谁与同岁寒!
> 岁寒无与同,朗月何胧胧?
> 展转眄枕席,长簟竟床空!
> 床空委清尘,室虚来悲风!……

"他不直说他妻子死了。他只从秋至说到凉风生,从凉风生说到

---

① 见《日本的小诗》。

夏衾单,从夏衾单说到不是无重纩,是无同岁寒的人。你看他曲不曲。他又说他反复看了一看枕和席,那样长的簟子,把床遮完了,都瞧不见那一个人。只见那空床里堆了尘埃,虚室中来了悲风,他那悲伤之情,就不言而喻了。你看他曲不曲。"① 又如堀口大学的《重荷》:

　　生物的苦辛!
　　人间的苦辛!
　　日本人的苦辛!
　　所以我瘦了。(周作人先生译)

只区区四行,而意味无尽! 前三行范围依次缩小,力量却依次增加;"人间的苦辛"已是两重的压迫,"日本人的苦辛",竟是三层的了。"苦辛"原只是概括的名字,却使人觉着东也是苦辛,西也是苦辛,触目是苦辛,触手也是苦辛;觉着苦辛的担子真是重得不堪! 所以自然就会"瘦"了。这一个"瘦"字告诉我们他是怎样受着三重的压迫,怎样竭力肩承,怎样失败,到了心身交困的境界,这其间是包含着许多的经历的。这都是暗示的效力! "说尽"是文学所最忌的,无论长文和短诗。

---

① 此例与说明,均从潘大道先生《何谓诗》中录出。

能够在作品中充分表现自己的，便是永久的。"永久的"是"使人不舍，使人不厌，使人不忘"之意。初读时使人没入其中，不肯放下，乃至迟睡缓餐，这叫"不舍"。初读既竟，使人还要再读，屡读屡有新意，决不至倦怠，所谓"不厌百回读"也。久置不读，相隔多年，偶一念及，书中人事，仍跃跃如生，这便是"不忘"了。备此三德，自然能传世行远了。大抵人类原始情感，并无多种；文明既展，此等情感，程度以渐而深而复，但质地殆无变化——喜怒哀乐，古今同之，中外无异，故若有深切之情感，作品即自然能感染读者，虽百世可知。而深切之情感，大都由身体力行得来，如人饮水，冷暖自知；故真有深切之情感者必能显其所得，与大众异，必能充分表现自己，以其个性示人。"永久的"性质，即系从此而来的。还有，从文体说，简劲朴实的文体容易有"永久的"性质，因能为百世所共喻；尚装饰的文体，华辞丽藻，往往随时代而俱腐朽，变为旧式，便不如前者有长远的效力——但仍须看"瓶里所装的酒"如何。

（四）文学的要素有二：普遍的兴味与个人的风格。

"老妪都解"，便是这里所谓"普遍的兴味"。理论地说，文学既表现人生，则共此人生的人，自应一一领会其旨。但从另一面看，表现人生实即表现自己。此义前已说了。而天赋才能，人各有异；有聪明的自己，有庸碌的自己，有愚蠢的自己。这各各的自己之间，未必便能相喻；聪明的要使愚蠢的相喻。真是难乎其难！而屈己徇人，亦非所取。这样，普遍的兴味便只剩了一句绮语！我意此是自然安排，或说缺陷亦可，我辈只好听之而已。

风格是表现的态度，是作品里所表现的作者的个性。个性的重要，前面论"永久性"时，已略提过了；文学之有价值与否，全看它有无个性——个人的或地方的，种族的——而定。文学之所以感人，便在它所显示的种种不同的个性。马浩澜《花影集》序云①：

> 偶阅《吹剑录》中，载东坡在玉堂日有幕士善歌。坡问曰："吾词何如柳耆卿？"对曰："柳郎中词，宜十七八女孩儿，按红牙拍，歌杨柳岸晓风残月②；学士词，须关西大汉，执铁板，唱大江东去。"③

柳词秀逸，苏词豪放，可于此见之。唯其各有以异乎众，故皆能动人，而无所用其轩轾。所谓"豪放"，所谓"秀逸"，皆是作者之个性，皆是风格；昔称曰"品"，唐司空图有《二十四诗品》，描写各种风格甚详且有趣；虽是说诗，而可以通于文。但一种作品中的个性，不必便是作者人格的全部；若作者是多方面的人，

---

① 见《古今小品精华》。
② 柳永《雨霖铃》有句云："今宵酒醒何处？杨柳岸晓风残月！"
③ 苏轼《念奴娇》首句云："大江东去，浪淘尽，千古风流人物！"

他的作品也必是多方面的，有各种不同的风格——决不拘拘于一格的。风格的种类是无从列举，人生有多少样子，它便有多少样子。风格也不限于"个人的"，地方的种族的风格，也同样引人入胜，譬如胡适之先生的《国语文学史讲义》中说，南北朝新民族的文学各有特别色彩：南方的是"缠绵宛转的恋爱"，北方的是"慷慨洒落的英雄"。请看下面两个例，便知不同的风格的对照，能引起你怎样的趣味：

啼着曙，泪落枕将浮，身沉被流去。（《华山畿》）

新买五尺刀，悬著中梁柱。一日三摩挲，剧于十五女。（《琅琊王歌》）

（五）文学的目的，除给我们以喜悦而外，更使我们知道人——不要知道他的行动，而要知他的灵魂。

文学的美是要在"静观"里领受的，前面已说过了。"静观"即是"安息"（repose）；所谓"喜悦"便指这种"安息"，这种无执着、无关心的境界而言，与平常的利己的喜悦有别，这种喜悦实将悲哀也包在内；悲剧的嗜好，落泪的愉快，均是这种喜悦。——"知道人的灵魂"一语，前于第二节中已及兹义；现在所要说的，只是"知道人的灵魂"，正所以知道"自己"的灵魂！人的灵魂是镜子，从它里面，可以清清楚楚地看见自己的灵魂的样子。

（六）在文学里，保存着种族的理想，便是为我们文明基础的种种理解，所以它是人心中的最重要最有趣的题目之一。

所谓国民性，所谓时代精神，在文学里，均甚显著。即如中国旧戏里，充满着诲淫诲盗的思想，谁能说这不是中国文明的一种基础？又如近年来新文学里"弱者"的呼声，"悲哀"的叫喊，谁能说这不是时代精神的一面？周作人先生《论阿Q正传》文里说：

> ……但是国民性真是奇妙的东西，这篇小说里收纳这许多外国的分子，但其结果，对于斯拉夫族有了他的大陆的迫压的气氛而没有那"笑中的泪"，对于日本有了他的东方的奇异的花样而没有那"俳味"，这句话我相信可以当作他的褒词，但一面就当作他的贬辞，却也未始不可。这样看来，文学真是最重要又最有趣的一个题目。

一九二五年六月

附录二 论雅俗共赏

陶渊明有"奇文共欣赏,疑义相与析"的诗句,那是一些"素心人"的乐事,"素心人"当然是雅人,也就是士大夫。这两句诗后来凝结成"赏奇析疑"一个成语,"赏奇析疑"是一种雅事,俗人的小市民和农家子弟是没有份儿的。然而又出现了"雅俗共赏"这一个成语,"共赏"显然是"共欣赏"的简化,可是这是雅人和俗人或俗人跟雅人一同在欣赏,那欣赏的大概不会还是"奇文"罢。这句成语不知道起于什么时代,从语气看来,似乎雅人多少得理会到甚至迁就着俗人的样子,这大概是在宋朝或者更后罢。

原来唐朝的安史之乱可以说是我们社会变迁的一条分水岭。在这之后,门第迅速的垮了台,社会的等级不像先前那样固定了,"士"和"民"这两个等级的分界不像先前的严格和清楚了,彼此的分子在流通着,上下着。而上去的比下来的多,士人流落民间的究竟少，老百姓加入士流的却渐渐多起来。王侯将相早就没有种了，读书人到了这时候也没有种了；只要家里能够勉强供给一些，自己有些天分，又肯用功，就是个"读书种子"；去参加那些公开的考试，考中了就有官做，至少也落个绅士。这种进展经过唐末跟五代的长期的变乱加了速度，到宋朝又加上印刷术的发达，学校多起来了，士人也多起来了，士人的地位加强，责任也加重了。这些士人多数是来自民间的新的分子，他们多少保留着民间的生活方式和生活态度。他们一面学习和享受那些雅的，一面却还不能摆脱或蜕变那些俗的。人既然很多，大家是这样，也就不觉其寒尘；不但不觉其寒尘，还要重新估定价值，至少也得调整那旧来的标准与尺度。"雅俗共赏"似乎就是新提出的尺度或标准，这里并非打倒旧标准，只是要求那些雅士理会到或迁就些俗士的趣味，好让大家打成一片。当然，所谓"提出"和"要求"，都只是不自觉的看来是自然而然的趋势。

中唐的时期，比安史之乱还早些，禅宗的和尚就开始用口语记录大师的说教。用口语为的是求真与化俗，化俗就是争取群众。安史乱后，和尚的口语记录更其流行，于是乎有了"语录"这个名称，"语录"就成为一种著述体了。到了宋朝，道学家讲学，更广泛的留下了许多语录；他们用语录，也还是为了求真与化俗，还是为了争取群众。所谓求真的"真"，一面是如实和直接的意思。禅家认为第一义是不可说的。语言文字都不能表达那无限的可能,所以是虚妄的。然而实际上语言文字究竟是不免要用的一种"方便",记录文字自然越近实际的、直接的说话越好。在另一面这"真"又是自然的意思,自然才亲切,才让人容易懂,也就是更能收到化俗的功效,更能获得广大的群众。道学主要的是中国的正统的思想,道学家用了语录做工具,大大地增强了这种新的文体的地位,语录就成为一种传统了。比语录体稍稍晚些,还出现了一种宋朝叫作"笔记"的东西。这种作品记述有趣味的杂事,范围很宽,一方面发表作者自己的意见,所谓议论,也就是批评,这些批评往往也很有趣味。作者写这种书,只当作对客闲谈,并非一本正经,虽然以文言为主,可是很接近说话。这也是给大家看的,看了可以当作"谈助",增加趣味。宋朝的笔记最发达,当时盛行,流传下来的也很多。目录家将这种笔记归在"小说"项下,近代书店汇印这些笔记,更直题为"笔记小说";中国古代所谓"小说",原是指记述杂事的趣味作品而言的。

那里我们得特别提到唐朝的"传奇"。"传奇"据说可以见出作者的"史才、诗、笔、议论",是唐朝士子在投考进士以前用来送给一些大人先生看,介绍自己,求他们给自己宣传的。其中不外乎灵怪、艳情、剑侠三类故事,显然是以供给"谈助",引起趣味为主。无论照传统的意念,或现代的意念,这些"传奇"无疑的是小说,一方面也和笔记的写作态度有相类之处。照陈寅恪先生的意见,这种"传奇"大概起于民间,文士是仿作,文字里多口语化的地方。陈先生并且说唐朝的古文运动就是从这儿开始。他指出古文运动的领导者韩愈的《毛颖传》,正是仿"传奇"而作。我们看韩愈的"气盛言宜"的理论和他的参差错落的文句,也正是多多少少在口语化。他的门下的"好难""好易"两派,似乎原来也都是在试验如何口语化。可是"好难"的一派过分强调了自己,过分想出奇制胜,不管一般人能够了解欣赏与否,终于被人看作"诡"和"怪"而失败,于是宋朝的欧阳修继承了"好易"的一派的努力而奠定了古文的基础。——以上说的种种,都是安史乱后几百年间自然的趋势,就是那雅俗共赏的趋势。

宋朝不但古文走上了"雅俗共赏"的路,诗也走向这条路。胡适之先生说宋诗的好处就在"作诗如说话",一语破的指出了这条路。自然,这条路上还有许多曲折,但是就像不好懂的黄山谷,他也提出了"以俗为雅"的主张,并且点化了许多俗语成为诗句。实践上"以俗为雅",并不从他开始,梅圣俞、苏东坡都是好手,而苏东坡更胜。据记载梅和苏都说过"以俗为雅"这句话,可是不大靠得住;黄山谷却在《再次杨明叔韵》一诗的"引"里郑重地提出"以俗为雅,以故为新",说是"举一纲而张万目"。他将"以俗为雅"放在第一,因为这实在可以说是宋诗的一般作风,也正是"雅俗共赏"的路。但是加上"以故为新",路就曲折起来,那是雅人自赏,黄山谷所以终于不好懂了。不过黄山谷虽然不好懂,宋诗却终于回到了"作诗如说话"的路,这"如说话",的确是条大路。

雅化的诗还不得不回向俗化,刚刚来自民间的词,在当时不用说自然是"雅俗共赏"的。别瞧黄山谷的有些诗不好懂,他的一些小词可够俗的。柳耆卿更是个通俗的词人。词后来虽然渐渐雅化或文人化,可是始终不能雅到诗的地位,它怎么着也只是"诗余"。词变为曲,不是在文人手里变,是在民间变的;曲又变得比词俗,虽然也经过雅化或文人化,可是还雅不到词的地位,它只是"词余"。一方面从晚唐和尚的俗讲演变出来的宋朝的"说话"就是说书,乃至后来的平话以及章回小说,还有宋朝的杂剧和诸宫调等等转变成功的元朝的杂剧和戏文,乃至后来的传奇,以及皮黄戏,更多半是些"不登大雅"的"俗文学"。这些除元杂剧和后来的传奇也算是"词余"以外,在过去的文学传统里简直没有地位;也就是说这些小说和戏剧在过去的文学传统里多半没有地位,有些有点地位,也不是正经地位。可是虽然俗,大体上却"俗不伤雅",虽然没有什么地位,却总是"雅俗共赏"的玩意儿。

"雅俗共赏"是以雅为主的,从宋人的"以俗为雅"以及常语的"俗不伤雅",更可见出这种宾主之分。起初成群俗士蜂拥而上，固然逼得原来的雅士不得不理会到甚至迁就着他们的趣味，可是这些俗士需要摆脱的更多。他们在学习，在享受，也在蜕变，这样渐渐适应那雅化的传统，于是乎新旧打成一片，传统多多少少变了质继续下去。前面说过的文体和诗风的种种改变，就是新旧双方调整的过程，结果迁就的渐渐不觉其为迁就，学习的也渐渐习惯成了自然，传统的确稍稍变了质，但是还是文言或雅言为主，就算跟民众近了一些，近得也不太多。

　　至于词曲，算是新起于俗间，实在以音乐为重，文辞原是无关轻重的；"雅俗共赏"，正是那音乐的作用。后来雅士们也曾分别将那些文辞雅化，但是因为音乐性太重，使他们不能完成那种雅化，所以词曲终于不能达到诗的地位。而曲一直配合着音乐，雅化更难，地位也就更低，还低于词一等。可是词曲到了雅化的时期，那"共赏"的人却就雅多而俗少了。真正"雅俗共赏"的是唐、五代、北宋的词，元朝的散曲和杂剧，还有平话和章回小说以及皮黄戏等。皮黄戏也是音乐为主，大家直到现在都还在哼着那些粗俗的戏词，所以雅化难以下手，虽然一二十年来这雅化也已经试着在开始。平话和章回小说，传统里本来没有，雅化没有合式的榜样，进行就不易。《三国演义》虽然用了文言，却是俗化的文言，接近口语的文言，后来的《水浒》《西游记》《红楼梦》等就都用白话了。不能完全雅化的作品在雅化的传统里不能有地位，至少不能有正经的地位。雅化程度的深线，决定这种地位的高低或有没有，一方面也决定"雅俗共赏"的范围的小和大——雅化越深，"共赏"的人越少，越浅也就越多。所谓多少，主要的是俗人，是小市民和受教育的农家子弟。在传统里没有地位或只有低地位的作品，只算是玩意儿；然而这些才接近民众，接近民众却还能教"雅俗共赏"，雅和俗究竟有共通的地方，不是不相理会的两橛了。

单就玩意儿而论，"雅俗共赏"虽然是以雅化的标准为主，"共赏"者却以俗人为主。固然，这在雅方得降低一些，在俗方也得提高一些，要"俗不伤雅"才成；雅方看来太俗，以至于"俗不可耐"的，是不能"共赏"的。但是在什么条件之下才会让俗人所"赏"的，雅人也能来"共赏"呢？我们想起了"有目共赏"这句话。孟子说过"不知子都之姣者，无目者也"，"有目"是反过来说，"共赏"还是陶诗"共欣赏"的意思。子都的美貌，有眼睛的都容易辨别，自然也就能"共赏"了。孟子接着说："口之于味也，有同嗜焉；耳之于声也，有同听焉；目之于色也，有同美焉。"这说的是人之常情，也就是所谓人情不相远。但是这不相远似乎只限于一些具体的、常识的、现实的事物和趣味。譬如北平罢，故宫和颐和园，包括建筑，风景和陈列的工艺品，似乎是"雅俗共赏"的，天桥在雅人的眼中似乎就有些太俗了。说到文章，俗人所能"赏"的也只是常识的，现实的。后汉的王充出身是俗人，他多多少少代表俗人说话，反对难懂而不切实用的辞赋，却赞美公文能手。公文这东西关系雅俗的现实利益，始终是不曾完全雅化了的。再说后来的小说和戏剧，有的雅人说《西厢记》诲淫，《水浒传》诲盗，这是"高论"。实际上这一部戏剧和这一部小说都是"雅俗共赏"的作品。《西厢记》无视了传统的礼教，《水浒传》无视了传统的忠德，然而"男女"是"人之大欲"之一，"官逼民反"，也是人之常情，梁山泊的英雄正是被压迫的人民所想望的。俗人固然同情这些，一部分的雅人，跟俗人相距还不太远的，也未尝不高兴这两部书说出了他们想说而不敢说的。这可以说是一种快感，一种趣味，可并不是低级趣味；这是有关系的，也未尝不是有节制的。"诲淫""诲盗"只是代表统治者的利益的说话。

十九世纪二十世纪之交是个新时代，新时代给我们带来了新文化，产生了我们的知识阶级。这知识阶级跟从前的读书人不大一样，包括了更多的从民间来的分子，他们渐渐跟统治者拆伙而走向民间。于是乎有了白话正宗的新文学，词曲和小说戏剧都有了正经的地位。还有种种欧化的新艺术。这种文学和艺术却并不能让小市民来"共赏"，不用说农工大众。于是乎有人指出这是新绅士也就是新雅人的欧化，不管一般人能够了解欣赏与否。他们提倡"大众语"运动。但是时机还没有成熟，结果不显著。抗战以来又有"通俗化"运动，这个运动并已经在开始转向大众化。"通俗化"还分别雅俗，还是"雅俗共赏"的路，大众化却更进一步要达到那没有雅俗之分,只有"共赏"的局面。这大概也会是所谓由量变到质变罢。

(《观察》)